Escravo Submiso e outras historias

Erika Sanders

Serie
Dominación e submisión erótica

ERIKA SANDERS

Sinopse

Este libro consta das seguintes historias:
 Escravo Sumiso
 O desexo de Sandy
 Apocalipsex zombie

Escravo Sumiso é unha novela con forte contido erótico BDSM e, á súa vez, unha nova novela pertencente á colección Erotic Domination, unha serie de novelas con alto contido BDSM romántico e erótico.

(Todos os personaxes teñen 18 anos ou máis)

Nota dunha escritora:

Erika Sanders é unha coñecida escritora internacional, traducida a máis de vinte idiomas, que asina co seu apelido de solteira os seus escritos máis eróticos, lonxe da súa prosa habitual.

Índice

ESCRAVO SUBMISO E OUTRAS HISTORIAS
ERIKA SANDERS

ESCRAVO SUBMISO

CAPÍTULO I

Onde carallo estaba ela?

Iso é o que pensei mentres estaba sentado nunha mesa para dúas persoas na cafetería dunha rúa principal dos arredores da cidade.

Xa tomara dúas cuncas de café e pasaba máis dunha hora do que acordamos onte e carallo, necesitaba facer pis.

Sen saber se quedar ou marchar ou o que sexa, por fin convencínme de que me abandonaran e decidín ir buscar relevo.

Que puta perda de tempo e isto é só un golpe máis para o meu ego... pasou moi preto da outra vez, debería telo sabido mellor, pensei mentres me erguía da mesa e dirixíame ao cuarto dos homes.

Coñecémonos na charla a outra noite.

Creara unha sala cun tema sobre atopar unha Dominatrix na zona correcta e despois dunhas horas entrou Lucy e comezamos a falar do que nos gusta e que non da situación e do tema.

Intercambiamos imaxes... nada arriscado, só fotos nosas con traxe normal ao principio.

Gustounos o que vimos e decidimos atoparnos na cafetería esta mañá cedo sábado pola mañá... en realidade moi cedo... ás 6:15 da mañá.

Lucy pídeme entón que lle envíe unha lista dos meus límites... unha lista completa do que non faría e do que quería facer.

Tamén me fixo enviar todas as miñas medidas a ela; todo, dende a lonxitude do meu pene cando estaba erecto ata o tamaño do meu zapato.

Despois, ela pediume que lle enviase fotos do meu pene como normalmente colgaba e tamén cunha erección completa.

Fixo de todo, pero carallo acabara aquí no baño da cafetería.

Saín da cafetería e dirixín ao meu coche, que estaba na parte traseira do aparcadoiro onde lle dixera a Lucy que o estacionaría e tamén lle dera o número de matrícula ao mesmo tempo.

Cando abría a porta, a fiestra do lado do pasaxeiro dun todoterreo negro estacionado ao meu lado comezou a baixar.

" Pedro es ti?" dixo suavemente unha voz feminina

Díxenlle que era eu.

"Síntoo, pero tiña que asegurarme de que eras a persoa que realmente dixeches que eras".

Mirei para o condutor e o meu corazón comezou a bater a un ritmo fantástico.

Era Lucy e estaba fermosa... cun abrigo de coiro e botas altas de coiro.

O seu abrigo de coiro estaba desabotoado na parte inferior, deixando ao descuberto as coxas espidas e algo de coiro por riba delas, pero non estaba seguro de cal era exactamente o coiro, pero serviu para emocionarme.

"Onde diaños estabas? Esperei por ti máis dunha hora". Saltei mentres miraba as súas botas e sentín que o meu pene comezaba a prestar atención á situación.

"Agora, Peter, só di o que sentes. Se aínda estás interesado en coñecerme, seguirame ata a miña casa agora mesmo. Unha vez que esteamos alí, entrarás no garaxe no espazo ao lado da miña casa. coche. Entendes a ese neno?"

Antes de que puidese responder, a fiestra pechouse e o todoterreo saíu do aparcamento e comezou a marchar.

A miña erección morreu no acto nun tempo récord.

Que debo facer, que debo facer?

Maldición.

Subín ao meu coche e corrín detrás dela esperando que non fose demasiado tarde.

" Onde está ela?" Díxenme cando me aproximaba á saída... "Aí, virou á dereita; vai cara ao oeste".

Intentei seguir o ritmo e mantela á vista sen acelerar, xa que esta estrada era coñecida polos seus radares.

Tíñaa á vista cando de súpeto pasou por unha luz ámbar que me obrigou a determe e velo desaparecer.

"Cadela... fíxoo adrede", berrei a ninguén.

Agardei a que a luz se volvese verde durante o que me pareceu unha eternidade, despois marchei o máis rápido posible, crendo que a perdera.

"Aí está ela, adiante". Berrei para min... debeu quedar atrapada no tráfico ou quizais parara.

Seguín detrás dela despois desta parada, e uns quilómetros despois ela finalmente virou á dereita por unha estrada secundaria, coñecida polas súas casas caras e as súas magníficas vistas, xa que eran lotes á beira do lago.

Iamos conducindo a unha velocidade moito máis lenta.

Probablemente non quere que os veciños se dean conta de nada, pensei.

Entón virou á dereita por unha estrada que tiña unha casa enorme ao final e o primeiro que pensei foi que estaba perdido... pero dirixiuse ata o garaxe e abriu a porta antes de chegar alí.

Ela deixou o coche ao lado esquerdo e eu conducín ao seu lado polo lado dereito.

Apenas entrei no garaxe cando a porta comezou a pecharse, apaguei o coche e saín.

Ela abriu unha porta da casa principal e fíxome un aceno para que a seguise, o que fixen, pero dubidando.

Limpei os pés nunha colchoneta, entrei na casa e pechei a porta detrás de min.

Entón volteime para mirar a Lucy.

"Sabes que vives a cinco millas de min..."

Bofetada... Bofetada... Bofetada... ela bateume forte nas meixelas.

"¿Como te atreves a falar comigo como o fixeches? Nunca máis me cuestionarás, unha merda sen valor coma ti! Enténdesme, Peter?"

Quedei impresionado, non esperando isto.

"Si, supoño."

Agarroume pola parte dianteira da camisa... labazada, labazada... labazada.

Ela me golpeou de novo e esta vez tentei protexerme e agarreille o pulso... só por reflexo, pero decateime de que era estúpido e axiña soltei.

"Oh merda, estou fodido", pensei e agardei a que me dixese que marchara.

"De xeonllos AGORA Peter!" Dixo en voz alta mentres me agarraba o pelo e me obrigaba a baixar.

"Gañácheste un pequeno castigo, escravo". Ela dixo.

Chamoume escrava e pensei que levaba 20 minutos facendo iso.

Os meus xeonllos estaban xuntos, as miñas mans a ambos os lados, para estabilizarme, e estaba mirando para ela.

Ela miroume e despois deume unha forte patada onde me tocaban os xeonllos.

"¡Abre eses xeonllos, cadela!"

Fixen o que me dixeron.

Entón ela colocou a punta do seu pé dereito no meu pene e presiona con forza.

"Non o esquezas de novo, Peter. Ademais, baixa a cabeza cara abaixo e mira para o chan. Pon as mans nas coxas, palmas cara arriba, na posición adecuada para un escravo.

"Gañácheste quince latigazos de escravos que recibirás cando comece a nosa sesión. Cinco son por ser insolente cando me preguntaches onde diaños estaba. Cinco son por responder incorrectamente ao non falarme con respecto e non chamarme Señora ou Señora. Lucy. Farás. Sempre o faras cando non esteas en público, é dicir, nun coche ou nunha casa... xa sexa aquí ou nun cuarto privado. Cinco son por tocarme sen aprobación cando me agarrou do pulso . Se o fas. de novo, serás castigado máis alá dos teus límites, xa que debo protexerme.Entendes por que te castigan, Pedro?

Mireina á cara o mellor que puiden e díxenlle:

"Si, entendo".

Agarroume con forza polo pelo e miroume aos ollos.

"Serán outras cinco azotes por desobedecerme levantando a vista e mostrar falta de respecto ao non referirse a min como Señora. Enténdesme, Peter?"

Baixando os ollos e a cabeza como puiden, aínda que ela aínda me agarraba polos cabelos, dixen:

"Si, señora Lucy, entendo."

"Onte discutimos que estabas a converterte no meu penitente e no meu escravo sexual, e que necesitabas adestramento. É certo Peter?"

—Si, señora, é certo.

"Declarou que os seus límites non eran adolescentes ou menores, nin sangue, nin alfinetes, nin agullas, nin marcas permanentes. É certo, Peter?"

—Si, señora, é certo.

"Limpaches esta mañá co método de enema rápido que comentamos?"

"Si, señora Lucy, fíxeno exactamente como me dixo."

"Aínda estás interesado en converterte no meu loito e escravo sexual Peter?

—Si, señora, máis que nunca.

Entón soltoume o pelo mentres miraba para o chan.

Sinto que me acabo de saltar ao fondo da piscina e non aprendín a nadar.

"Pois a ver se podes adestrar. Levántate e baleira todos os petos, quita o reloxo e os aneis e pon todo na mesiña!" que ela sinalou. "Entón quítache os zapatos e colócaos no chan xunto á mesa".

Fixen todo o que me dixo o máis rápido que puiden e como era a miña primeira oportunidade, mirei pola casa.

Estaba no salón principal, non moi lonxe das escaleiras que conducían ao soto.

Mirei á Dominatrix sen facer contacto visual e vin que aínda levaba o abrigo de coiro e as botas.

Deus, é aínda máis fermosa que a foto que me enviou.

Cabelo curto e louro escuro con flequillo nos ollos, non podo esperar para saber como pensaba o resto dela.

"Agora, Peter, quitarás toda a roupa para unha inspección; as mans detrás da cabeza, a cabeza baixa e as pernas ben separadas. AGORA maldita cadela, mañá non!"

Espirime o máis rápido que puiden e quedei espido para inspeccionarme.

Mentres miraba cara abaixo, vin como o meu pene comezaba a crecer coa previsión de que os meus soños se fixeran realidade.

Deus, como me gustaría que me fixese correr agora, pensei.

"Cando dixen que quería as túas pernas ben separadas, dicíao en serio. Agora, separa as túas pernas. MÁIS AMPLIAS! Idiota, idiota. E podes esquecerche de ter un orgasmo en calquera momento nun futuro próximo. Eu serei o escravo. só un para determinar cando o conseguirás".

"Síntoo, señora... si señora", saltei e mirei para o meu pau duro.

Despois quitoume a roupa e camiñou lentamente ao meu redor.

Primeiro ela beliscar un mamilo e despois a cabeza do meu pene, apertando con forza mentres ela xemaba entre os dentes apretados.

Ela riu mentres me probou varias veces.

"Agora, escravo Pedro, recollerás toda a túa roupa e baixarás ao soto. Abre a primeira porta da dereita, entra e pecha a porta. Non prendas ningunha luz... Alí, no centro de na sala, atoparás unha bolsa de deportes con instrucións na parte superior. Vai directamente á bolsa, le as instrucións e ségueas exactamente. Tes 20 minutos para completar esta tarefa e estarei observando todos os teus movementos coa cámara. entende Pedro?"

"Si, señora Lucy, entendo."

"Entón vai, rapaz, que xa usaches 20 segundos".

O máis rápido que puiden, recollín a roupa, baixei correndo as escaleiras, abrín a primeira porta da dereita, entrei e pecheina detrás de min.

"En que carallo me metín, estou moi fodido".

Si, definitivamente saltei a un abismo profundo.

CAPÍTULO II

Non debía ir tan rápido, pensei para min, mentres me aseguraba de que a porta estivese pechada.

Apoiando a cabeza na porta, pechei os ollos e pregunteime se isto estaba a suceder realmente.

Un home profesional de 40 anos, coma min, divorciado, cumpriu por fin a súa fantasía.

Fora introducido nun mundo completamente novo.

Alí, no centro da sala, cun único foco que brillaba no teito, había unha alfombra negra cunha bolsa de deportes encima, unha bolsa Nike en realidade.

Achegueime rapidamente a ela e sentín o frío do chan de formigón nos meus pés.

Quizais estaba no seu calabozo.

Na parte superior da bolsa había un papel dobrado cunha nota escrita: "Pedro escravo", eu, pero como soubera que estaría aquí?

Collín a nota e comecei a lela.

Pedro escravo

Cadela, xa te poñerás de xeonllos para ler esta nota.

Siga as instrucións exactamente e sexa rápido xa que o seu tempo se está esgotando.

Rápidamente axeonlleime e mirei ao redor mentres o facía, pero non había luz no resto da habitación; só a luz brilla sobre min mentres lin a nota.

1. Coloca coidadosamente a túa roupa xunto á bolsa.

2. Saca todo da bolsa e mete a roupa nela.

3. Póñase o colar, asegúrese de que estea axustado e, a continuación, bórrao.

4. Poñer o arnés corporal e asegurar todas as fibelas e o anel do martelo. Deben estar todos axustados.

5. Suxeita os puños de pulso e nocello e asegúraos cun cadeado. Cada un está marcado para onde debe ir e debe estar ben apretado.

6. Bloquee os puños do nocello xunto coa cadea de 6 polgadas e os cadeados.

7. Fibela na mandíbula. É unha mandíbula aberta e debe estar moi axustada.

8. Revisa a zona e mete todo o que non usaches dentro da bolsa.

9. ¡Ponte a venda dos ollos e suxeita ben!

10. Bloquee os puños xuntos.

11. Asume a posición de escravo e agarda.

Mentres lin a nota, caín de xeonllos mentres tentaba localizar cada elemento da bolsa e, finalmente, frustrado por tentar localizalos, simplemente tirei a bolsa diante de min.

Cando o vin todo, realmente crin que outros virían xa que todo isto non podía ser só para min.

De súpeto, desde un altofalante directamente encima de min, saíu a súa voz, alta, profunda e pesada.

"QUEDAN 15 MINUTOS".

Ese recordatorio provocou o modo de pánico dentro de min e axiña recollín a miña roupa, tireina na bolsa e pecheina.

Despois pasei pola morea de correas de coiro ata atopar o colar.

Caramba, é un colar de castigo.

Mirei o groso colar negro de catro polgadas de alto e pregunteime como o ía poñer, ata que notei que había un pequeno cadeado aberto que encaixaba nun burato no pasador extra ancho da fibela.

Agora entendín como debería usarse e quitei o bloqueo.

Levantei a cabeza, coloqueina ao redor do pescozo para que a abertura estivese na parte traseira e un anel en D na parte dianteira e fíxena nunha posición cómoda.

Despois coloquei o cadeado polo orificio do pasador e pecheino.

Alí, esa maldita cousa está sentada, pensei.

Que segue?

Afortunadamente, levaba un tempo investigando o tema dos xoguetes de dominación e vira varios arneses corporais anunciados na rede, polo que puiden localizalos rapidamente e, despois de suxeitalo un momento, decidín que se trataba dun arnés de torso.

Tan axiña como puiden, determinei a parte dianteira pola parte traseira, boteina ao meu redor para que os aneis principais estivesen na parte traseira e a maioría das fibelas de axuste estaban na parte dianteira.

Afortunadamente, as dúas correas que rodeaban os dous lados do meu pescozo estaban soltas e isto axudou a colocar a parte dianteira desde a parte traseira, xunto co feito de que o anel do pene tamén estaba colgado na parte dianteira.

Estas dúas correas xuntáronse nun anel na parte dianteira e traseira a un nivel xusto debaixo dos meus peitos.

A partir diso, unha única correa conducía a outro anel a un nivel na parte superior das miñas cadeiras e desde este anel na parte dianteira, outra correa suxeitaba o anel do pene coa correa unida por debaixo.

Ambos os aneis dianteiro e traseiro suxeitaban as correas para conectar os lados de fronte a atrás.

Despois duns segundos de dar voltas e voltas, decidín conectar as correas laterais do anel baixo os meus peitos e abroilleas ata que estiveran apertadas, pero non demasiado.

Despois repetín o mesmo coas correas laterais dos cadros.

Isto comezaba a ser difícil xa que este cinto para o pescozo mantiña a cabeza erguida e non podía ver ben o que facía.

O anel do gallo foi o seguinte e eu sabía que tería que facelo só palpando sen poder mirar.

Deus, gustaríame ter esaxerado as medidas do meu gallo cando Lucy pedilas.

Non me colga tan ben agora e non esperaba que houbese un problema ata que puiden soster o anel do gallo para poder velo.

Caramba, é pequeniño!

Como vou facer chegar as miñas pezas alí?

Leveino unha pelota á vez e tiven a sorte de que o meu pene estaba solto nese momento e puiden espremer o eixe polo espazo restante.

Un pouco de lubricante tería axudado, pero non había ningún.

Apertei a correa do anel do pene ao anel da cadeira e despois collín a correa do anel do pene restante, colocándoa entre as miñas pernas e a parte traseira da cadeira nas costas e despois, cos brazos detrás de min, abrocheime o mellor que puiden.

Tan pronto como fixen iso, comecei a ter unha erección co resultado de que a dor na base do meu pene e as bólas sentíase sorprendentemente fantástica.

A continuación, apretei cada correa e repetín o proceso unha e outra vez ata que sentín que estaban tan axustados como precisaban.

Todo o proceso mantivo o meu gallo erecto ata o momento en que se completou.

A voz de Lucy saíu de novo dende o altofalante do teito e parecía máis dominante que antes.

"ESCLAVO, QUEDAN 5 MINUTOS".

"Non, iso non é posible, señora. Non pode ser". protestei.

"TES 5 MINUTOS. APÚRESE".

Tan rápido como puiden, coloqueime e bloqueei os pulsos e os nocellos, sinalando onde debía ir cada un.

Despois atopei a cadea e pegueina aos meus puños de nocello con cadeados unidos aos aneis en D de cada puño.

Todo isto non foi unha fazaña fácil xa que o maldito colar de castigo limitaba a miña visión.

Entón a mordaza!

Era de coiro groso e tiña unha gran abertura para que pasaran os meus beizos e dentes.

Cando o probei por primeira vez, pensei que debía haber un erro porque non podía poñer a boca sobre o anel que saíu no primeiro intento.

Tenteino de novo e metei os dentes no anel, pero resultou dolorosamente incómodo.

Abotoineino con forza para asegurarme de que non se quitase.

Deus, o burato era o suficientemente grande para un bo membro, pero esperaba que nunca o recibira. Por que non puxen iso na miña lista de límites?

Despois de atopar a venda, collíno todo, coloqueino na bolsa e pecheino.

Asegurei a venda dos ollos e, cando a estaba asegurando, o altofalante do teito cobrou vida.

"O TEU TEMPO REMATOU. AGORA ES A MIÑA ESCRAVA".

Ai merda, esquecín bloquear os pulsos, berrei na mordaza.

Desesperado, atopei a bolsa, abriuna e despois do que parecía unha eternidade, atopei un cadeado aberto.

Rápidamente, pero con dificultade e debeu levarme 2 minutos ou máis, puiden amarrar as esposas ás costas.

Despois axeonlleime alí en total submisión, os xeonllos separados.

Ai non! Non pechei a bolsa.

Quedei alí de xeonllos o que parecía o tempo máis longo do mundo mentres escoitaba a porta abrir e pechar.

Non había un son; Non dixo nada.

As botas picaban no chan e polo movemento do aire sobre o meu corpo e o cheiro do seu perfume souben que estaba preto.

Deus cheiraba fantástico.

Había anos que non tiña unha muller así tan preto de min.

Escoitaba o coiro das súas botas, pensei e imaxinei que estaba inspeccionando o bolso.

Podía cheirar o coiro que levaba posto e comecei a emocionarme mentres me axeonllaba en sometemento.

¡Plop!

"Agrrrrrrrrrrr", xemei despois de recibir unha patada nas miñas bólas que doía máis que calquera outra dor que recibín na miña vida.

A dor inesperada obrigou os meus xeonllos a pecharse.

"Desobedecechesme, merda sen valor. ¡Abre eses xeonllos AGORA!"

Obedecin lentamente e afastei os xeonllos esperando recibir outro golpe, pero non chegou nada.

Murmurei na mordaza un indistinguible "Sentímolo señora".

"Decepcionasme, Peter. Fallaches o teu primeiro cometido e, como resultado, non recibirás o teu azote ata a festa desta noite e triplicarase".

Festa? De que carallo falas?

De súpeto pensei e Lucy debeu sentir a miña preocupación por mor dun movemento do meu corpo.

"Vou invitar a algúns dos meus amigos esta noite. Queres asistir como o meu escravo, Peter? Serás a principal atracción; en realidade, esta noite, serás a única atracción. Ben, estás interesado ?"

Estaba tentando absorber toda esta nova información cando... golpeo... a súa man pousouse na miña meixela esquerda.

Caramba, iso doe.

"Fixenche unha pregunta, Peter. Estás interesado? Se non, o teu servizo remata agora mesmo!"

Como puiden, neguei coa cabeza para indicar que estaba interesado e murmurei na mordaza:

"Por favor, déixame asistir á túa festa, señora Lucy".

"Está ben, Peter, poderás ir á casa e prepararte para a festa, pero primeiro temos algunhas cousas que encargarnos aquí e agora. Non seguiches moi ben as instrucións, verdade? Non marchaches. calquera xoguete para a nosa sesión, o teu colar é "Sótome e estou cachondo como o inferno. Moi mala cadela porque penso ser moi duro contigo esta noite por isto".

Despois colleume dos cabelos e tirou a miña cabeza cara atrás ata o punto no que puiden imaxinar que estaba mirando para abaixo o meu rostro amordazado e cos ollos vendados.

"En poucos minutos, miña puta, xa non serás tan desobediente", dixo con voz profunda e mandante.

Sabía o que quería dicir e quedeime alí en silencio despois de que me soltou a cabeza.

"Primeiro, debo ensinarche a respectar e obedecer sempre á túa Señora".

O son das súas botas indicaba que se afastara e axiña oín algo que se arrastraba na miña dirección.

Entón sentína ao meu lado e tamén sentín que algo se movía diante miña.

A súa man estaba na parte de atrás da miña cabeza desfacendo a venda dos ollos que lentamente se despregou e pestanexei varias veces axustándome á luz.

Diante de min estaba o lado dun banco de madeira negra que debía ter catro metros de longo cunha parte superior de coiro acolchado negro duns dous metros de ancho.

O cuarto estaba agora totalmente iluminado e mentres miraba ao meu redor notei todos os artigos de coiro e látegos que colgaban das paredes e todas as cadeas e cordas que colgaban do teito.

Cando xirei a cabeza máis á dereita, ESTABA ELA.

Ai merda, ela é tan fermosa, pensei.

Aínda levaba as botas negras de coiro, pero só levaba un pequeno corsé de coiro negro que cubría a zona desde as cadeiras ata debaixo dos peitos, e un par de luvas de coiro negro.

Inmediatamente comecei a endurecerme.

"Levántate, escravo, inclínate sobre o banco", ordenou.

Sinceramente, tentei erguerme, pero estaba ríxido por todo o tempo que pasei de xeonllos e os freos de cadea nos nocellos facíano imposible.

Por moito que se esforzase, sempre caía de xeonllos ou caía dun lado ou doutro.

"Oh, carallo", berrou ela e souben que estaba enfadada pola mirada da súa cara e o ton da súa voz.

De súpeto, pareceu saltar e agarrou o anel na parte dianteira do meu pescozo.

Caramba, iso doía, díxenme mentres me erguía bruscamente e ata o banco, dándome patadas nos nocellos mentres o facía.

Cando xemei, o único que dixo foi:

"Acostúmate, rapaz! Esta noite será peor".

Despois de botarme no banco, atoume cunha corda dende o anel do pescozo a un ollazo no fondo do banco, de xeito que dende a cabeza ata os ombreiros estaba dobrado sobre o banco.

Desde a esquina do meu ollo dereito, puiden ver que a miña dona levaba unha correa de coiro que estivera colgada na parede con moitas outras correas.

Quizais tiña tres centímetros de ancho e non era moi groso, e agradecíame que non fose a corda do barbeiro a que aínda colgaba da parede.

Bofetada... labazada... labazada.

Ela tirou a correa contra as miñas nádegas durante o que parecía unha eternidade.

Cando tentei moverme para escapar da restrición, suxeitoume cos meus pulsos esposados e levantou os brazos para deter o meu movemento.

Finalmente rematou e a súa man acariñou as miñas nádegas mentres se inclinaba e lambaba o meu ombreiro.

"Sempre debes obedecerme, Peter. Entendes?"

Murmurei un Si AMA na miña mordaza mentres se dirixía cara á bolsa de deportes no chan.

Despois, mirando por el e pensando o que buscaba, sacou un cinto de coiro que tiña un consolador negro.

Observei como axiña a suxeitaba na cintura e entre as pernas ata que se sentía segura e no lugar correcto.

Entón ela camiñaba lentamente cara atrás e cara atrás asegurándose de que eu puidese ver o que ía pasar e púxose diante de min.

Levantando a miña cabeza polo meu cabelo, guiou o consolador ata a miña mordaza.

"Escravo, escollín o consolador máis pequeno co que teño que follarte. Espero que aprecies o meu xesto. AGORA, chupao para que quede cebado e mollado. Tamén usarei un lubricante para que disfrutes deste momento. o noso primeiro xuntos".

Mentres ela meteu lentamente o consolador no burato da mordaza, tentei contelo coa lingua o mellor que puiden e despois rodeino para humedecelo.

Chupalo estaba fóra de cuestión, pero sabía que sería un requisito no futuro; quizais ata esta noite.

Entón a señora sacoume da boca o seu xoguete e ergueuse, onde abriu a cadea dos meus nocellos e abriu as pernas ata que pensei que me partiría en dous.

Entón sentín as súas mans enguantadas desfacer a correa que corría entre as miñas pernas.

Ela separou as miñas nádegas mentres entrou lentamente no meu territorio inexplorado.

"Oh, si", berrou repetidamente mentres se empurraba contra min e despois comezou a foderme en serio agora cunha man en cada unha das miñas cadeiras.

Non lle fixera caso antes, pero agora decateime de que o meu gallo estaba duro e estaba a ser frotado contra o banco mentres o meu amante me fodía.

Ela tamén notou o meu crecemento e unha man foi ao meu pene apretándoo con forza.

"Oh, pequeno xoguete. Vainos agradar a todos esta noite, pero lembra, se te corres, terás que lambelo. Ah, si, cadela, carallo, oh, que ben".

Despois duns minutos, saíu de min e suxeitoume os ombreiros mentres apoiaba a cabeza nas miñas costas.

A súa respiración era moi rápida e el sabía que estaba feliz.

"Es meu Pedro, todo meu, non me deixes nunca, estiven buscándote toda a miña vida".

Despois de que me desatou, axeonlleime ante ela e vin como desbloqueaba e sacaba todo o que eu trouxera como escrava.

Cando estaba completamente espido, asumín a posición de escrava e vin como se dirixía a outro armario e sacaba unha bolsa de veludo negro.

Ela volveu e púxose diante de min.

"Pedro, este bolso contén todo o que debes levar esta noite. Non debes usar nada máis desde o momento en que saes da túa casa e o teu coche será rexistrado para asegurarte de que obedeces. Tamén podes seguirte por un dos meus amigos . A túa casa. á festa, pero nunca o saberás, así que hai que estar avisado.Non debes abrir a bolsa ata as 17:00 horas e debes entrar no garaxe exactamente ás 18:00 horas mira adiante e agarda alí ata que veña buscarte. Agora vestirás, irás á casa, descansarás, comerás unha comida lixeira e limparás o teu corpo por dentro antes de vestirte para a festa. Ah, e outra cousa, non só te afeitarás a cara, senón tamén o resto do teu corpo. .Só se permite o pelo da parte superior da cabeza, as cellas e as pestanas.Entendes o que se che esixe o meu escravo ou teño que repetirme?

"Entendo á señora Lucy".

"Está ben, Peter. Agora érguese".

Eu obedecín e de súpeto ela estivo preto de min.

Eu podía sentir aqueles peitos fantásticos no meu peito; A súa calor era encantadora e o seu xesto era totalmente inesperado.

El colocou suavemente unha man detrás da miña cabeza e levouna ata a súa ata que os nosos beizos se atoparon e logo se separaron mentres as nosas linguas se batían en duelo e quedamos parados uns nos brazos do outro mentres os nosos corpos tentaban converterse nun.

Cando se afastaba, ela notou o meu pau atento e sorriu.

"Oh, Peter, só unha cousa máis. Nunca xogues contigo mesmo sen permiso! Agora prepárate para a festa".

CAPÍTULO III

Comprobei o meu reloxo de novo para o que parecía a millonésima vez na última hora e finalmente descubrín que xa case era hora de abrir a bolsa.

Todo fora feito segundo o ordenado por Lucy.

Estaba só a cinco millas en coche da súa casa á miña, o que foi sorprendente xa que nunca nos coñeceramos.

Fora o noso primeiro encontro na vida real que fora moito máis lonxe do que eu esperaba e sabía que estaba namorado dela e que me deixaría facer con ela o que quixese.

Deus, estaba cachondo , pero sentín alí e tentei obedecer a súa orde de non xogar comigo sen o seu permiso.

Normalmente, despois da mañá que acababa de pasar, a miña man dereita estaría xogando con todo, pero iso non ía ser agora.

Alí, por fin, foron as cinco da tarde e desatei o cordón da parte superior da bolsa de veludo negro que me regalara a señora.

O meu latido do corazón parecía duplicarse en previsión do que tiña que atopar e pechei os ollos mentres metei a man na bolsa.

Sentín a frialdade do metal e a calor do coiro e da goma mentres a miña man agarraba todo o que había na bolsa e o botaba na cama.

Alí, na cama, estaba todo o que debía levar aquela noite, que consistía nun colar, un pequeno arnés e un tubo de lubricante cun tapón.

Grazas a Deus era pequeno, pensei cando o vin.

Inmediatamente, comecei a vestirme tomando primeiro o colar e determinando como pensaba que debería usar.

Era semellante ao que tiña antes no día, agás que tiña só dous polgadas de alto e tiña tres aneis en D: un diante e outro a cada lado.

Tiña un cadeado aberto e, sabendo como funcionaba, púxeno enseguida e abrocheino o máis apretado que puiden sen estrangularme, e despois atei e pechei o cadeado mentres miraba ao espello para non cometer erros. .

Despois mirei o arnés en varias posicións e finalmente decateino.

Mantería tanto o tapón traseiro no seu lugar, como as miñas privacións, xa que ese maldito anel de pene estaba alí de novo.

Púxenme diante do espello cheo do meu cuarto e notei que, dado que me afeitara todo o pelo púbico, o meu pene era o dobre de tamaño, aínda que colgaba alí laxeiramente.

Puxen un sorriso no meu rostro e esperaba que a miña dona tamén fose feliz cando me volvese ver.

O arnés era semellante ao arnés corporal que usara antes no día.

Debíase levar á altura da cadeira e tiña dúas correas plegables a cada lado que se conectaban a un anel de metal na parte dianteira e traseira.

Abrochei estas correas de forma segura e despois fun á parte difícil empurrando primeiro as miñas bolas e despois o meu pene por aquel maldito anel que sabía que Lucy colocara demasiado pequeno.

Cando os tiven pegados polo anel, mirei de novo no espello e pensei o ben que se veía.

Debería ser o éxito da festa.

Os meus xeonllos comezaron a tremer un pouco mentres pensaba no que tiña que facer a continuación, xa que sería a primeira vez que usaría un tapón.

Tomei o lubricante e puxen o suficiente no extremo para que o freguei inmediatamente no burato e na súa abertura inicial.

Despois puxen todo o lubricante que puiden no tapón e estendei as pernas, agacheime un pouco e, pouco a pouco, púxeno no traseiro.

O enchufe tiña unha base plana que impedía que me chupase por completo e o exceso de lubricante rezumaba ao seu redor.

Foi máis fácil do que pensaba e collín un pano e limpei o exceso de lubricante antes de quitar a correa do arnés do anel do pene entre as miñas pernas e abrochala ao anel traseiro.

O arnés tiña unha bolsa para o tapón traseiro, pero como o notara demasiado tarde, só deixeino enrolado ao redor do tapón traseiro e esperaba que o manteña no traseiro con todo axustado.

Comprobei a hora e decateime de que era hora de ir e foi entón cando me decatei de que ía conducir case espido e díxenme que non infrinxira ningunha norma de tráfico ou tería que explicarme.

Agardaba que ninguén me pasara nin parase ao meu lado.

O meu garaxe tiña entrada directa desde a miña casa e co abridor automático da porta do garaxe sentíame cómodo de que os meus veciños non notarían nada inusual.

Menos mal que os cristais tintados.

Puxen unha toalla no asento do condutor e a miña carteira e carné xa estaban na guantera cando repasei a lista de verificación na miña mente.

Gustaríame que fora inverno e que todo estivese escuro, pero era un día caluroso de verán e a escuridade aínda non chegaba en 3 horas.

Entón marchei da casa despois de asegurarme de que o garaxe pechara.

Que carallo estou a facer, só pasaron horas da nosa primeira reunión, pensei mentres dirixía lentamente cara a súa casa observando o tráfico e sentíndoo conectar dentro de min.

Comprobei continuamente o espello retrovisor para ver a policía e calquera outra persoa que me seguía.

Non había policía á vista, pero parecía que había un pequeno deportivo negro que me seguía a distancia, pero non estaba absolutamente seguro diso.

Ai, fíxeno!

Non berrei a ninguén, pero case, mentres me dei na calzada e dirixía cara ao garaxe.

Cando entrei no garaxe, decateime de que estaba case cinco minutos antes e, sen saber que facer, simplemente parei onde debía e apaguei o motor.

Senteime alí pensando e convencíndome de que todo estaba ben.

Quitei o reloxo e coloqueino no asento ao meu lado.

A porta do garaxe pechouse detrás de min e o meu corazón comezou a latexar máis rápido xunto co endurecemento do meu pene.

Entón senteime na calor das miñas mans sobre as miñas coxas esperando o que parecía unha eternidade.

Oín abrirse a porta da casa e, mirando o reloxo do asento, vin que pasaban cinco minutos da hora.

Debeu ser emoción porque dei a volta para ver que unha muller entraba pola porta e dirixíase cara a min.

Era do tamaño dunha amazona, pero non era gorda, só era grande, como a miña altura, pensei, moi atractiva, o seu cabelo castaño atado nunha pila na parte superior da cabeza coma unha cola de cabalo borrosa.

E a puta tiña o maior conxunto de tetas que nunca vira.

Agarda un segundo, pensei.

Xa a vin antes.

Ela traballa na tenda de licores.

Vin como se achegaba á porta e abrín reflexivamente para saudala.

"Saca a túa puta man da porta e mira cara diante. Es un escravo! Senta e obedece". Ela ordenou.

Inmediatamente retirei a man da porta e sentei alí intentando revisar o que acababa de pasar.

Debe ser unha amante.

Hai que obedecerla, pensei.

A porta abriuse por completo e mirei cara á esquerda sen mover a cabeza e atopeime mirando un fermoso conxunto de coxas.

O seu coño sen afeitar estaba cuberto cun pano vermello que era un cuarto do tamaño dun pano facial e colgaba dunha fina corda de ouro nas súas cadeiras.

Levaba no pescozo un colar de coiro que tiña menos dun polgada de alto e dicía Slave en letras de ouro.

"Gústache o que ves no cu? Díxenche que mirases cara diante".

"Si, señora. Sintoo, señora". respondín eu.

Bofetada...

Ela esposaume a un lado da miña cabeza coa man dereita.

"Eu non son unha amante, pero debes obedecerme ata que eu cumpra os meus deberes. Podes referirme como Cindy ou a escrava Cindy. Entendes?" preguntou ela.

"Si, escrava Cindy. Enténdote cadela!"

"Oh, o escravo toleouse", riuse e engadiu, "non te rirás pronto, rapaz. Xa serviches nunha festa?"

"Non, este é o meu primeiro día con Lucy". respondín eu

Bofetada...esta vez a súa man pousouse na miña boca.

"Iso non foi nada comparado co que está por vir. Só se chamará Sra Lucy a menos que estea en público. Entende?"

"Si, escrava Cindy." Respondín e asentín coa cabeza para indicalo.

Despois colleu o anel D do lado esquerdo do meu pescozo e mostrou a súa forza, sacándome rápida e bruscamente do meu coche e suxeitando o anel á altura da cintura mentres pechaba a porta.

Esquecírame o tapón do traseiro, que empezaba a doer un pouco, e soltei un xemido para indicalo, o que só fixo que Cindy sacuse o pescozo como forma de dicirme que parase.

Mentres me fregaba contra ela, sentín a súa suavidade, cheiraba o seu cheiro e por un segundo pensei en saltar sobre ela, pero un tirón do meu pescozo deixou caer eses pensamentos da miña mente.

Había unha porta na parte traseira do garaxe, que el abriu e levoume.

Entramos no que parecía un lavadoiro que tiña cortadoras de céspede e similares nun lado e un ximnasio na casa do outro.

Había unha fiestra que daba a un xardín moi grande, fermoso e privado, que en breve descubriría, abarcaba toda a parte traseira da casa e da propiedade.

Era moi privado e daba ao lago desde o seu patio, que estaba a uns trinta metros por riba da beira.

Non habería ningún veciño ao lonxe que puidese escoitar nada.

"Inclinarse e colocar as mans no banco", ordenou e despois volveu ordenar, "separa as pernas a tres pés de distancia".

Unha cadea bancaria curta que tiña un gancho de seguridade estaba unida ao colar como recordatorio de non moverse.

Cindy entón separou as miñas pernas máis e desfixo a parte traseira do arnés para darlle acceso ao tapón.

"Vinte na tenda de licores do centro comercial", díxenlle.

Bofetada... labazada... labazada.

Cindy púxome a man con forza no cú.

"Caramba, as nosas vidas privadas son as nosas vidas privadas e nunca deberían ser discutidas en ningunha reunión túa con ningún amante nin en ningunha reunión do Grupo do Pracer da Dor. Entendes isto, Peter?"

"Si, Cindy, entendo. É ese o grupo desta noite, Pleasure of Pain?"

"Así se chama, Pracer da Dor, e nunca debes tomar nota del nin mencionalo na túa vida privada".

De súpeto... "Agggggggggggg", xemei mentres el tiraba do tapón traseiro sen previo aviso.

"Os novatos nunca acertades", dixo mentres sostiña a gorra diante da miña cara. "Suponse que debe ir na bolsa do arnés primeiro e despois dentro do ano. Así".

"Aggggggggg"... carallo... ela bateuno a propósito, pensei.

Despois de abrochar o arnés de novo, o máis rudo posible, a escrava Cindy soltou a cadea do meu colar e levantoume.

Mirando o seu reloxo, dixo:

"Estamos quedando sen tempo pola túa estupidez. Colle dúas pesas de vinte quilos e fai flexións ata que che diga que pares".

"Eh", respondín, xa que non o entendía nada.

"Tonto burro, debería facer todo por ti?"

Logo achegouse a un estante, que estaba situado debaixo da fiestra e sacou dous pesos de vinte quilos coma se fosen plumas e fíxome algunhas flexións.

Sentín que a miña cara se poñía vermella pola estupidez dos meus comentarios.

Unha vez que me deu as pesas, inmediatamente comecei a facer as flexións ordenadas, pero pregunteime por que facía isto.

"Por que diaños estou levantando pesas? Pensei que estaba aquí para unha festa?" Díxenlle a Cindy mentres se afastaba de onde eu estaba.

Que cu tan bonito ten.

Pode que sexa un pouco gordita, pero aposto a que é unha gordita fantástica, pensei.

Detívose e volveuse para mirarme e díxome:

"Es estúpido ou que? A túa dona quere presentar o seu novo escravo esta noite e espera que a súa escrava teña un corpo perfectamente tonificado. É mellor que fagas un bo espectáculo esta noite, Peter ou non che concederán a membresía plena no Grupo. . " . Entendeu? E deixe de mirarme! Eu tamén son a escrava da señora Lucy.

Caramba, outra cadela sumisa, pensei.

Mentres seguía traballando no meu corpo, intentando recuperar os meus abdominales e pectorales, Cindy sacou unha gran lona azul dun armario e colocouna no centro da habitación, no chan, xusto diante dun garaxe. porta. ao curro.

Ocupouse de colocar dúas botellas diante da lona, despois unha tonelada de corda a cada lado e despois do outro lado da habitación, levantou o que parecía un gran anaco de madeira do chan e colocouno no chan. .

A parte traseira do lenzo.

Podería dicir que non era lixeiro, xa que parecía loitar un pouco con el ao principio, pero demostrou o forte que era collendoo facilmente unha vez que tivo o control.

Deus, está a enganarme, pensei.

Unha muller fermosa completamente disposta cunha forza incrible.

Comezaba a ralentizar o meu adestramento tanto pola falta de adestramento como por centrarme na madeira que Cindy colocara na colchoneta.

Non era áspero, pero parecía que fora lixado e rematado cun verniz.

Un gran parafuso no medio dunha superficie era o único que perturbaba a suavidade da peza, que parecía que tiña catro polgadas por catro polgadas e uns seis pés de longo.

Unha vez que Cindy tivo todo no seu lugar, achegouse a min e miroume loitar coas pesas, que xa parecían pesar unhas dez veces máis que cando comecei a facer exercicio.

Ela riu e pasou unha man suave polo meu peito e abdominais.

"Mmmm... está ben neno. Estás preparado para parar?"

"Oh, por favor, si, xa non podo facer isto. Os meus brazos senten que están listos para caer e os meus bíceps arden", respondín.

"Ha ha ha... Ok, para! Baixa as pesas e ponte no medio da alfombra, de cara á porta. AGORA!"

Deixei suavemente as pesas e saltei ao medio da colchoneta.

Estando alí de pé, puiden ver os xardíns xa que a porta tiña dúas ventás pequenas.

Caramba, ata podo ver Maine a través do lago.

Fóra parecía un día caluroso e fermoso, pero esta habitación tiña aire acondicionado e impedíanos suar.

"Abre os brazos, puta, e separa as pernas! Mantén esa posición e non te movas!"

"Tes que insultarme, Cindy? Non poderías chamarme Peter?"

"Só te estou preparando mentalmente para ser o festa e realmente non aprecio que alguén intente roubar á miña amante", respondeu ela acercándose a unha das botellas.

Ai, está celosa!

El veu detrás de min e comezou a fregar o contido da botella nas miñas costas.

Cristo, cheira a piña colada, díxenme mentres aquelas mans brandas seguían fregandome as costas.

Despois atoparon as miñas nádegas e ela pillounas cunha risita.

Entón ela continuou baixando as miñas pernas ata abaixo.

"Por se estás a preguntar, escrava, a nosa Señora pensou que lle causarías unha gran impresión aos demais se estiveses todo aceitado e iso é o que estou a poñer agora e é un bo sabor de verán, non pensas? Mmm... a túa pel é bonita, suave e tersa. Gustarálles... mmmmm"

Despois cubriu os meus brazos estendidos completamente con aceite ata as puntas dos dedos.

Despois de fregala nos lados do peito, baleirouse a botella e ela colleu a segunda.

Esta vez fregou suavemente os meus músculos do peito recén tonificados e puiden ver a mirada nos seus ollos e sabía que me quería.

Saltando sobre o meu pau e as bólas, rematou as miñas pernas e despois axeonllouse e agarrou o meu pau con forza, apretándoo ata que xemei.

Entón vin os seus beizos no meu membro mentres chupaba levemente a punta.

Era só o movemento normal dun macho cachondo cando lle puxen unha man na parte traseira da súa cabeza mentres o meu pene se endurecía e poñíao na súa boca.

A súa reacción foi rápida cando mordeu o meu membro e golpeou as miñas bolas coa man dereita.

O único que recordo foi berrar o máis alto que puiden: Ai merda! varias veces e despois escoita o teléfono soar.

Mentres eu permanecía agachado nas miñas mans privadas, Cindy contestou o teléfono.

"Si, señora, síntoo, señora. Tentou facerme sexo oral mentres eu o engrasaba. Si, señora, vou dicir que si, que o faremos. Si, señora. ." foi o que lle escoitei dicir por teléfono.

"Ben, Peter, as Damas non están contentas con todo o ruído que fixeches e, como resultado, recibirás setenta e cinco latigazos en lugar dos sesenta que merecías o día anterior. E o mellor é que vou dar quince de eses para a túa actuación a partir de agora, así que grita de novo se queres. Cando saímos desta sala para a festa, a señora quere que o teu puto gallo sexa tan duro coma unha puta barra de aceiro e quere que loitas mentres nos achegamos. Entendes, escravo?

"Si, entendo", saltei mentres miraba o meu dorido pene e as bólas.

Veña.

Érguete.

Endurecerse.

Intentei erguilo, pero non estaba a ter moito éxito.

Cindy axeonllouse ante min e pasou as súas mans suaves e oleosas suavemente sobre o meu pene e as bolas durante o que parecía un ou dous minutos.

Só mirala engraxándome por todas partes e que a acariciara o meu membro devolvía a vida alí.

Ela parecía aliviada por iso cando rematou de engrasar o meu corpo e deixar a botella.

"¡Ponte de xeonllos, rapaz! Axiña, case chegamos tarde!"

Mentres o facía, ela foi detrás miña e nese anaco de madeira comezou a atar anacos de corda en diferentes lugares, de modo que había un pé de corda que colgaba dos dous extremos de cada corda en cada lugar, dos cales contei oito como Mirei por riba do meu ombreiro para ver o que estaba a pasar.

Entón levantou a madeira, gruñendo ante o peso, levantouno ata o meu ombreiro.

Foi un xugo! Debería ser tratado como un anaco de carne.

"Inclina un pouco a cabeza de escravo e estende os brazos cara a min. Isto pode parecer pesado, así que prepárate".

Fíxeno e inmediatamente atopei o peso tan incómodo e tan inestable que a peza envorcou e o extremo esquerdo quedou parado no chan.

"Ai, por Deus, Pedro! ¿Es débil ou que? Es un puto imbécil, non?"

Rápidamente atou a corda ao redor dos meus brazos comezando coa corda máis próxima ao meu torso no meu lado dereito ata que os 4 estiveron axustados ao meu brazo.

Tentei torcer o brazo para liberalo, pero o único movemento dispoñible era a miña man.

"Agora, ten coidado sempre que botas a cabeza cara atrás, rapaz, xa que hai un parafuso na madeira inmediatamente detrás da túa cabeza. Agora separa os xeonllos para que eu poida equilibrar isto!"

Mentres obedecía, el foi cara ao lado esquerdo e, suxeitando a madeira e o brazo debaixo dela, tirouna e equilibrouno sobre os meus ombreiros.

Logo atou a corda mantendo os meus brazos no lugar en 4 seccións similares diferentes ao lado dereito.

Ai merda, isto doe, pensei mentres sentía todo o peso do mesmo, así como o tapón traseiro, que volvera á vida e debe estar arrincándome as entrañas.

Xemei e xemei un pouco, o que parecía facer as delicias do Amazonas.

"Vale, a ver se podo axudarche a levantarte pola túa conta, en lugar de usar o polipasto". Dixo mentres comezaba a sentarme e despois seguín o seu exemplo reorganizando os meus xeonllos e despois ergándome.

Ignorando a dor dentro e sobre min, erguínme.

Jaja , quen é o débil agora, cadela?

Cindy colleu a botella de aceite de novo e despois presionouse contra min para que eu puidese sentir as súas enormes tetas contra o meu corpo e pronto o meu gallo buscou calquera parte dela.

"Vasme levar a casa máis tarde, Peter? Necesito que me leves e farei que pague a pena".

Quixo dicir iso ou está xogando comigo?

Non importaba porque tiña o efecto desexado de facerme duro e erecto ata o punto de que sabía que era a erección máis dura que tivera todo o día.

Despois fixo un pequeno toque sobre todo o meu corpo para asegurarse de que todo estaba no seu lugar.

Despois de correr no meu pau, Cindy xemeu polo que viu.

Despois deixou a botella e foi buscar a corda.

Tiña dous lazos de corda enrollada, que colocou a cada lado de min.

Non era como a grosa corda de nailon que me suxeitaba os brazos no seu sitio, senón máis pequena como unha corda de varal.

Dúas veces, con todas as súas forzas, atou un extremo de cada corda enrollada a un dos meus polgares, apertando os nós ata que xemei cada vez que o facía.

Desenrolou cada sección de corda e suxeitounas coma rendas.

"Agora, cando nos chamen para a festa, voute tirar cara a elas e quero que loitedes polas Damas, pero non tan forte como para que caiades. Queremos que loitedes para que todos se animen. Entendedes. Peter? Oh, merda, case me esquezo".

"Si, Cindy, entendo. Son o animal salvaxe da correa". Respondín mentres a miraba correr cara a un armario do que sacou un anaco de cadea e, carallo non, puños de aceiro.

Ela tirou unha banda elástica sostendo a chave da pulseira sobre o pulso dereito mentres corría cara a min.

"Rápido Peter, xunta os teus pés!" Ela ordenou e eu sabía que o concerto estaba a piques de comezar.

Agachouse e colocou os puños en cada nocello, encerrándoos no seu lugar.

O clic que facía cada pechadura parecía tan forte como un berro.

Cando se axeonllou diante de min, puxo o meu pau na boca e succionou con forza durante uns segundos que desexaba que durasen para sempre.

"Iso foi para animarte máis", dixo, tocando o meu corpo co aceite que levaba na boca.

Xusto cando se ergueu, abriuse a porta do garaxe e un chorro de aire quente alcanzou os nosos corpos.

Cindy axustou o anaco de tea vermella que intentaba cubrir o seu coño sen moito éxito e asegurouse de que o seu colar estivese aliñado correctamente.

"¿Listo, Peter?"

"Imos facelo maldita cadela!" respondín eu.

Miroume unha mirada furibunda e despois colleu as dúas cordas atadas aos meus polgares, tentounas e arrastroume para fóra loitando co sol da tarde.

CAPÍTULO IV

"Maldición... Deixa de tirar tan jodidamente rápido", susurrei a Cindy.

Entón as rendas do meu xugo afrouxáronme e notei que Cindy parara cando viraba á esquerda cara á Festa e miraba aos tres machos que se achegaban, cada un cunha bobina de corda ou correas de coiro.

Estaban espidos, agás un pequeno taparrabos de coiro que cubría as súas partes íntimas.

Os tres tiñan máis ou menos a miña talla e idade e cada un tamén levaba un colar idéntico ao que eu levaba posto.

"Sacarémolo de aquí, escrava Cindy. Debes informar ao escravo Ken inmediatamente", dixo un deles.

"Non, aínda non está preparado para isto. Peter, non o sabía! Corre! ¡Fóra de aquí! Agora!" Cindy rogoume.

Comecei a darme a volta para marchar, pero dous dos escravos xa me alcanzaran e agarraran a corda atada aos meus polgares.

Aínda que coa cadea pegada aos pés, de todas formas non conseguiría dar cinco pasos.

Ao lonxe, notei un grupo de mulleres observando atentamente a situación na que estaba e á fronte do grupo estaba a señora Lucy.

Entón decateime de que Cindy andaba, non, fuxindo coa cabeza baixa e creo que choraba.

En que me metín?

Que idiota son.

Despois a miña situación e os que me tiñan devolvéronme á realidade.

"Saúdos, escravo Peter, eu son o escravo James e estes dous señores son os escravos Bob e Frank. Por favor, non nos deas ningún problema, Peter, e entón non haberá ningún problema para ti".

"Por que non te fodes? Déixame en paz! Nada disto foi discutido coa señora Lucy, así que estou fóra de aquí", berrei ao que se chamaba James.

"Agárrao forte", dixo James aos outros sen sequera mirarme.

Ela entón agarrou o eixe do meu pene que estaba todo menos erecto, tirouno con forza e esvarou un nó de pequena corda que tentou só detrás da cabeza.

Entón tirou da corda tan forte que soltei un berro longo e forte.

"Iso che doe cabrón, quítao, quítao!" Berrei e loitei con todas as miñas forzas.

Cando o fixen, mirei ao outro lado do céspede e notei as mulleres que miraban mentres tomaban un vaso de viño.

Parecía que alí estaban outros escravos espidos, probablemente como criados, e tamén vixían todo.

"Para o seu coñecemento, foi a señora Lucy a que ordenou esta situación. Debería sentirse orgulloso, xa que isto nunca ocorreu o primeiro día e se a supera, converterase nun membro do Grupo Elite con todos os dereitos. Agora, vostede entreterás e agradarás aos demais loitando. Só considéranos como os teus irmáns escravos que están aquí para axudarche esta noite, ja, ja. E lamentamos moito o que está a piques de suceder. Ok, rapaces, retira a corda do teu polgar e poñer as correas no colar. Teño que levar ao novato e, a non ser que queira perder a punta do seu pene, comportarase".

Deus, que fixen?

Que me vas facer?

Mirei a cada un dos meus captores coa esperanza de que se sentisen como unha merda, pero o único que fixen foi enfadarlos e tiraron das correas que cada un deles tiña sobre min.

Os tres miráronse, asentiron e volvéronse cara ás Damas, caendo nun xeonllo, a cabeza abaixo, cada unha suxeitando a correa no aire coa man dereita.

Mirei aos meus tres captores e pregunteime que diaños estaba a pasar.

James estaba diante de min sostendo a correa do colo e Bob estaba á miña esquerda con Frank á dereita, cada un sostendo as correas do colo.

A uns cen metros en liña recta, baixo un gran toldo para protexelos do sol quente, as Damas colocaran unha fila de cadeiras con dúas delas na fronte ocupadas pola señora Lucy e outra muller afroamericana.

Todas as mulleres levaban un vestido negro sinxelo e semellante con accesorios de ouro e botas negras.

A muller que estaba ao lado de Lucy ergueuse, virou-se e sinalou a unha escrava axeonllada, facéndolle un aceno para que se achegase.

Unha escrava alta, ben bronceada e engrasada con cabelo negro longo e liso ergueuse e púxose coa cabeza inclinada diante da señora Lucy e da dama negra.

Cada unha das dúas damas deulle un obxecto que suxeitaba en cada man e despois virou-se e camiñou cara a nós.

Ai Deus, ela tamén é fermosa, pensei, e comparándoa con Cindy, notei que tiña a mesma estatura, pero en moito mellor estado, todo iso acentuado pola súa pel bronceada e engrasada.

Entón recoñecína.

Foi asesora xurídica da tribo india da Primeira Nación local e ela mesma era nativa americana.

Mirando ao redor, decateime de que só esta muller, uns cantos escravos axeonllados, e eu estabamos engraxados.

Ningún dos meus captores o foi.

"Oh merda, carallo amigo. É Angela. Ela cortarache as pelotas se lle dás un mal", dixo Bob.

"Síntoo, Peter, pero é mellor que sexas ti que nós", dixo James, con Frank tamén de acordo.

Mirei para a muller que se achegaba a nós cun aire de confianza e un sorriso na cara.

Tamén levaba un anaco de tea vermella, que trataba de ocultar a súa entrepierna pero non cubría nada, e unha cadea de ouro que a suxeitaba polas cadeiras e nada máis, sen zapatos nin pendentes, e tamén levaba moita maquillaxe como Cindy.

Notei que na súa man dereita levaba un látego marrón e na súa esquerda había algo que non podía ver.

Cando ela se achegaba, comecei a retroceder e despois comecei a loitar coas correas adxuntas, o que provocou que os meus tres captores se erguesen e me mantivesen no lugar tirando de min cara atrás.

"Deixade as malditas cordas, cabróns. Déixame ir! Déixame saír de aquí! Por Deus, rapaces, xa me ides saír".

Berrei isto o máis alto que puiden e decateime de que Angela estaba agora correndo cara a nós, o pelo negro bailando detrás dela e case que xa nos alcanzaba.

O sol quente parecía deslumbrar a súa pel engrasada, cousa que era unha tontería pensar en vez de tentar escapar da miña situación.

"Abre a boca grande, rapaz", dixo con voz profunda e forte mentres me agarraba o brazo esquerdo, "Non queremos que os veciños o escoiten agora, non?"

"Fódete puta negra, quero saír de aquí agora!"

Inmediatamente decateime de que non debería ter dito nada, sobre todo polos nomes despectivos sobre a súa orixe africana, pero ela só sorriu cos meus comentarios.

"Sigue así e estás morto, puta carne", susurrou ao meu oído esquerdo. "Agora abre a boca, rapaz", berrou mentres asentía a James.

A dor dun tirón duro na correa do pene, así como de Angela tirando da miña cabeza cara atrás polo meu cabelo para que a miña cabeza golpeara o parafuso na madeira fíxome berrar coa boca aberta.

Foi entón cando me meteu na boca un gran anaco de coiro tecido, que inmediatamente dobrou detrás da miña cabeza nun nó o máis groseiro posible.

"Como está esta puta?" ladrou ela.

Como puiden, respondín a través da mordaza e dixen:

"¡Fódete, puta noxenta! Quítame esa cousa! Quero saír de aquí", e aínda que a miña resposta soou como... Hmphhh... hmphhh... hmphhh, o significado daquela era discerníbel para ela. ... mentres a súa man aberta pechou nun puño mentres intentaba controlar a situación.

"James, dáme a correa do cinto e despois leva aos teus dous amiguiños e as súas correas e vete de aquí, a señora Lucy e a señora Samantha cambiaron de opinión sobre o entretemento, para ser xusto con Peter, isto nunca se discutiu con el". ordenou Ángela.

"Pero eu..." tartamudeou e pensouno mellor.

Fixo un aceno aos seus dous asistentes e ambos comezaron a camiñar cara ao resto do grupo.

Ángela virouse cara ao grupo de mulleres e levantou o brazo esquerdo coa man aberta para indicar 5 minutos.

Logo virouse cara min e colleu o anel D na parte dianteira do meu pescozo, que tirou e arrastroume de volta ao lavadoiro que deixara hai uns minutos con Cindy.

Volveume a poñer na alfombra e foi a un armario para buscar outra botella de aceite corporal, que trouxo de volta e púxose diante de min.

"Agora, Peter, só nos quedan uns minutos, así que déixame poñerte ao día. A túa amante subiu a apuesta, por así dicir, e ofreceulle como billete para pasar rapidamente a un estado Elite no Pracer da Dor. diso? Ben, a quen lle importa o que penses? Aceptou ser o seu escravo, Peter? Aceptaches asistir á festa como o seu escravo? Indícalo asentando coa cabeza se iso é certo!"

Eu asentín si.

"Ben, iso resúltao. Preocupábame que o teu medo fose real, pero asinaches un contrato con Lucy e, polo momento, non podo facer nada ao respecto. Pero vas pagar. polos vosos arrebatos, e vouvos facer cumprir o voso contrato coa vosa Dona.Sabedes quen son?

Asentín de novo, así que ela desatou a corda da cabeza do meu pene.

"Aí, non necesitarei esa correa. Supoño que eses tres débiles pensaron que iso impresionaría; debe ser cousa de homes. ¿Sentes mellor, Peter?

Gústache levar todo o peso do xugo sobre os teus ombreiros? foi a miña idea, unha vez que me falaron dos teus atributos físicos. Espero que che doe moito, porque os comentarios que fixeches sobre min doéronme e serán devoltos".

Parecía divagar facéndome preguntas, pero nunca esperaba unha resposta xa que estaba amordazado ou movendo a cabeza, así que pensei que era mellor quedarme así e non facer nada.

Mentres falaba, desfixo o arnés que levaba posto e tirou lentamente o tapón do meu traseiro, pero non mostrou preocupación por quitarme as bólas e o pene do anel, o que me fixo berrar e morder a mordaza.

Unha vez que o enchufe estaba fóra, ela tirouno todo sobre o tapete.

As súas mans suaves pasaron sobre o meu cu, as bolas e suavemente sobre o meu pene, que estaba máis que solto que a correa que estaba unida a el.

"Isto séntese mellor Peter?" preguntou ela.

Asentín coa sensación afirmativa mentres os meus músculos relaxáronse unha vez que se retirou o tapón.

Ela riu suavemente e dixo:

"Ben, iso é bo, así que é mellor que o disfrutes mentres poidas porque teño algo un pouco máis sinistro planeado para o programa. E falando diso, mellor que nos poñamos en marcha ou estamos os dous en Agora, Peter, só para parar. "Polo que sabes, o látego que teño é de bidueiro, que fai moito ruído, pero poucos danos, pero os látegos que os demais usarán sobre ti son principalmente de pel de becerro engrasada e causan unha dor considerable, así que ten coidado. Pero os dous tipos non deixarán marcas permanentes no teu corpo.Obedecerásme o resto da noite, xa que che será máis doado e non esqueceres o contrato que fixeches coa túa Señora.O primeiro que farei. é presentarvos ás Damas, a maioría das cales ocupan altos cargos públicos ou profesionais e que, polo momento, desexan manter en segredo a súa identidade e participación.A cabeza desta Mostra está Lady Samantha, que está sentada xunto a Lady Lucy. e hai que obedecer ao 100%.Con ela non hai lugar para erros, só fai o que di Pedro. Entendes Pedro? "

Asentín de novo, e mentres o facía, vin a Angela tocar o aceite no seu corpo e unha vez que estaba na súa pel bronceada, parecía iluminar a habitación.

O meu membro débil comezou a volver á vida xa que reflectía o pracer que vía nos meus ollos á fermosa muller que tiña diante.

Despois achegouse ata min e comezou a fregar aceite por todo o meu peito, mamilos e abdominais.

Despois colleu o meu membro e comezou a acaricialo ata que sentiu que a erección duraría un tempo.

"É unha mágoa que non te atope antes de que Lucy o atope ou que non sexa eu a que busque ser socio hoxe, xa que todas as mulleres que entran en Pleasure of Pain deben entrar como escravas dunha amante ata que atopen un escravo masculino". para que os sirva.Gustaríache ser o meu escravo, Pedro?

Sen estar seguro da resposta que buscaba, asentín coa cabeza e entón a súa man dereita golpeou a miña meixela esquerda tres veces máis cada unha que a outra.

Entón ela púxose axiña detrás de min e obrigoume a encarar a porta aberta.

"¡Maldito porco! Non estás mostrando lealdade á túa dona ou só intentas apaciguarme? Que idiota es, Peter! Agora estamos preparados para continuar e seguirás as miñas ordes verbais sen ter que usar correa e facer non intentes nada para anticipar o que vai pasar ou en que dirección tomar. Se desobedes ou non fas un bo espectáculo, usarei o mango do meu látego e realmente non creo que queiras que o faga. fai iso, porque se o fago deixará unha marca permanente. Preparado rapaz! ¡Adiante!"

Xusto cando ela me preguntou se estaba preparado , o látego deume un golpe no cu que fixo o prometido ruído, pero unha picadura sorprendentemente agradable que debeu satisfacer o meu pene xa que se erguía aínda máis forte que antes.

Entón, cando estabamos fóra do edificio, tres latigazos máis caeron pesadamente nas miñas costas que me doeron, o que provocou que me gritara na mordaza e que me fixese retroceder, pero sen virar.

Esta acción só me trouxo outro golpe nas nádegas e entón mandou virar á esquerda.

Unha vez que o fixera, ela díxome que correse, o que era imposible xa que estaba encadeada, pero Ángela parecía non prestarlle atención a iso e continuou dándome palmadas nas costas, no cu e nas coxas mentres eu seguía loitando e berrando na miña mordaza.

"Móvete directamente cara á señora Lucy", ordenou.

Levantei a vista entre golpe e ao mesmo tempo miraba o chan en busca de defectos nel, xa que non quería esvarar, e cando vin á miña Señora, dirixínme cara a ela.

Estaba falando cunha amante negra ao seu carón, á súa esquerda, que supoñía que era a señora Samantha e que parecía estar de acordo coa aprobación da escrava escollida por Lucy, eu.

Cando me acheguei, notei unha estrutura de madeira á miña dereita.

Unha forca?

Ai merda.

"Levántate, escrava", ordenou Angela cando estaba a 5 pasos da miña dona Lucy.

Entón ela trasladouse ao meu lado e deu un duro golpe ao meu galo aínda erecto.

"De xeonllos cando estás diante da túa Señora!"

Caín de xeonllos e inmediatamente recibín tres pestanas máis pesadas nas costas que me doían, pero dábanme máis pracer que antes, pero non podía entender nin ver o meu pene erecto.

Escoitei unha orde, que creo que foi de Ángela de baixar a cabeza ata que tocase o chan e manteña alí.

Mentres o facía, o peso do anaco de madeira nas miñas costas fíxome berrar e recibir outro golpe.

Entón todo calou durante un período duns dez segundos que pareceu durar unha eternidade e unha voz que asumín que era a señora Samantha pola súa proximidade e voz autoritaria, comezou a falar.

"Señoras, benvidas a esta reunión especial do Pain Pleasure Group. Estamos aquí para recoñecer oficialmente a Lucy como o noso novo membro de elite e felicitámola pola elección da escrava, que estou seguro que lle agradará moito. Parecedes todos xenial. , "Señoras, engrasadas así e listas para os nosos látegos? Lucy, hai un asunto pendente de disciplina dos escravos que sei que agora resolverás. Que escolleches?"

"Grazas, señora Samantha, por todas as túas amables palabras. Mostrarei a todos que, como verdadeiro dominante e profesional, son e serei un líder de todos os homes, todos os cales son inferiores a nós. ¡Escravo Peter! El escolleu o seu primeiro castigo que se suspenderá na túa primeira participación. Presentaráselles a cada Dona presente e os seus látegos, comezando pola Señora Samantha e rematando por min mesma, o que suporá un total de once clases. A esta seguirá o final, que será só chamarei The Final Torment, xa que é algo novo que creamos Angela e eu.Todos os escravos, excepto a escrava Cindy, irán inmediatamente á sala de espera do soto xa que non se lles permite ver o primeiro castigo do novo escravo Pedro".

Cando a Dominatrix rematou, escoitei un murmurio de satisfacción e aplausos, que era diferente dos primeiros sons, que debían ser dos escravos detrás de cada unha das súas Donas.

Ninguén tivo nunca tantas leccións, susurraba un escravo.

A dona dixo:

"Ben feito Lucy, que corpo tan fantástico ten o teu fillo".

Non me preguntaron nin asumín que me preguntaran se estaba de acordo co entretemento previsto xa que quería ser o seu escravo máis que nada.

" Ven Peter, é hora de que te prepares para saudar a todas as Donas!" ordenou Ángela.

Tentei levantar a cabeza, pero o peso do xugo sobre os meus ombreiros e o meu esgotamento non me permitían facelo. Angela pediulle á escrava Cindy que viñese para axudar, e os dous colleron un extremo do xugo e levantáronme con facilidade.

Cando me erguin, mirei arredor e notei que os escravos marchaban e as Donas en pequenos grupos entretidos con viño e entremeses e pensei canto necesitaba unha copa.

Mirei a Cindy e sorrín a través da miña mordaza intentando dar a entender que non estaba enfadado con ela pola sorprendente secuencia de acontecementos.

Miroume aos ollos e despois apertame suavemente o brazo.

Angela arrastroume cun anel en D no pescozo ata que quedei directamente baixo o brazo estendido da forca.

Parado alí, levantei a vista e notei un cable cun gancho de seguridade conectado, logo escoitei un motor e vin como o gancho baixaba para rematar xusto debaixo da miña cabeza.

Que dixo a señora?

Suspensión e participación e algo máis?

Debo prestar máis atención.

"Cindy, desata as cordas do pulso e do antebrazo nese extremo do xugo e fareino noutro extremo. Necesitamos poñerlle os puños de suspensión ao neno e despois a barra de suspensión diante del. Unha vez que sexa. feito, fareino." "Desataremos e apartaremos o xugo de madeira. A señora Lucy non quere perder máis tempo". dixo Angela.

Despois puxéronme grosos puños de coiro nos pulsos e sabía para que eran, xa que comprobara os anuncios fetiches en Internet.

Unha vez en marcha, Angela levantou unha pesada barra de aceiro, duns seis metros de longo, diante de min.

Tiña cadeas con mosquetóns en cada extremo, un anel pesado no medio.

Cindy axiña rompeu os ganchos de cada cadea na parte superior dos puños que me suxeitaban os pulsos e unha vez que o segundo estaba en movemento, Angela baixou lentamente a barra ata que eu a suxeitei pola miña conta.

O peso extra sobre o meu corpo e brazos fíxome xemir forte na miña mordaza e notei que Lucy me miraba e o grupo co que estaba comezou a sorrir e rir.

Angela e Cindy movéronse rapidamente para quitar o xugo, o que me fixo sentir moito mellor e mesmo despois de que me levantasen a barra sobre a cabeza e puxesen o anel no mosquetón, sentín a presión que se me quitaba o corpo.

Angela achegouse a min e murmurou para que ninguén, nin sequera Cindy, puidese escoitar:

"Escravo, agora quitariche a mordaza e darche auga antes de que se fagan as presentacións. Se non te comportas antes da noite, acabouse, sinceramente, e cortarei os dous pezones. Entendeu?"

Asentín con entusiasmo, dicindo que si, mentres me volvía cara a ela con ganas de beber e reter os meus pezones.

Notei que a barra da que colgaban os meus brazos xiraba comigo cando fixen isto e, levantando a vista, entendín por que o mosquetón tiña un xiro incorporado para poder xirar en calquera dirección.

A continuación, Cindy quitou a mordaza da miña boca e, mentres estaba detrás de min, premeu suavemente os seus peitos contra as miñas costas, facendo que un xemido de pracer escapase dos meus beizos.

Grazas a Deus, Ángela non oíra nin vira nada diso, díxenme.

Entón Angela trouxo unha botella de auga aos meus beizos, da que tentei tragar toda a cousa, pero só me permitiron uns sorbos.

"Sentímolo, Peter", dixo Angela, "Pero só podo darche uns sorbos ou podes ter un calambre ou incluso enfermar. Oh, Cindy, xenial, tes a barra esparcidora para os seus pés. indo rápido, Peter. Lembra o que dixen sobre berrar.

Primeiro, Cindy abriu a pechadura dos meus pés coa chave que tiña gardada nunha pulseira, e despois as dúas nenas colleron rapidamente a barra, que tiña que ter uns tres pés de longo, e fixaron unha correa de coiro a cada nocello.

Mentres isto sucedía, souben por que Ángela me dera o recordatorio de berrar, xa que non só me afastara da barra, senón que agora estaba colgado suspendido do chan nunha posición de aguia espallada colgando dos meus pulsos.

O único que puiden facer foi apertar os dentes e xemir o máis suavemente posible.

Entón Angela probou a miña situación movendo lentamente dun lado a outro e despois torcíndome unha vez para asegurar que o xiro funcionase.

Cando me enfrontou diante das Donas, dixo:

"Escrava, axeonllaráste antes de saudar a cada amante e terás a cabeza inclinada, os ollos baixos. Saudarás cando estea diante de ti e farao "Saúdos, dona, son o escravo da señora Lucy Peter". mandaranos que vos poñamos de pé ou en total suspensión e despois ela vos entregará formalmente o seu látego e outras cousas.Todas as Donas teñen permiso para facelo. Azoutaránvos tantas veces como queiran, dos ombreiros. ata os dedos dos pés, pero para o teu pene só debes usar un látego Lembra non chorar Pedro ou serán máis duros contigo Entendes Peter?

"Si, Ángela, entendo", dixen, pero tiña medo de preguntarlle que significaba "e outras cousas".

"Escravo, quero que fagas algo por min. Supoña que acabas de ser golpeado, xira á esquerda media volta. AGORA!"

Tiven que intentalo unhas cantas veces ata que o acertei xa que fun demasiado lonxe a primeira vez e despois non o suficiente nas seguintes veces ou xirei por completo.

Despois puxéronme de punta e tiveron que repetir o proceso ata que acertara.

Mentres me instruían sobre esta técnica de fiar, Cindy puxera diante miña unha mesa e nela había flaxeladores de varios tipos e cores e unha gran pecera de vidro chea de pinzas de madeira.

Angela entón fixo un aceno a Cindy para que viñese ao meu lado e entón Angela dirixiuse ás Donas.

Joder, ela é tan fermosa e tamén o son Cindy e todas as amantes, pensei cando Cindy comezaba a acariciarme de novo o pau para mantelo duro, supoño.

"Ten valente Peter e pronto acabará. Quérote Peter", murmurou ela.

CAPÍTULO V

Un arrepío percorreu o meu corpo mentres eu estaba alí esperando o meu destino, mantido no lugar por Cindy mentres acariciaba suavemente a miña virilidade.

Lembro mirar para o lago e os veleiros que se dirixían á casa nun leito de auga cada vez máis tranquilo.

Os primeiros pensamentos da noite comezaron a apoderarse e souben que en menos dunha hora estaría escuro e pregunteime onde quedara o tempo.

"Prepárate. Están chegando", ordenou Angela a Cindy mentres volvía á realidade.

Non me decatara do regreso de Ángela e cando me volvín cara a ela, deume unha forte palmada nas nádegas e soltou unha risiña.

"Non podo esperar para ver se o conseguirás na próxima hora, xa que é mellor que todas as mulleres quentes e molles durante a túa actuación. Agora, Cindy, pon a esta puta de xeonllos antes de que estean aquí. E Peter, recorda. o que che dixen".

O meu corpo de aguia estendido estaba apoiado nos meus xeonllos coa axuda de Cindy xa que non estaba seguro de como poñerme mellor en posición.

De xeonllos, mantiña a cabeza baixa, como mandaba Ángela, pero pola visión periférica que tiña e polas súas voces sabía que agora estaban diante de nós.

"Ladies of Pleasure of Pain, ofrézoo ao meu escravo, o escravo Peter, para a súa consideración. Por favor, utilízao ben. Despois de completar a proba do meu home inútil, haberá un espectáculo especial para ti que Angela preparou tan amablemente. " "Lady Samantha , por favor comece a cerimonia".

Todo o mundo estaba en silencio diante de min e puiden escoitar á señora Samantha cando se achegaba e mesmo mentres quitaba as pinzas da cunca.

Unha das damas dixo en voz baixa a outra persoa:

"Ah, o aguillón, ela probarao".

Murmurios afirmativos durante toda a reunión.

Cando estaba diante de min, conteille o que me dixera Ángela:

"Saúdos, señora, son o escravo da señora Lucy Peter".

"Levanta a cabeza e mírame, escravo", ordenou.

Mentres erguía lentamente a cabeza, notei que na man esquerda levaba dúas pinzas para a roupa e na dereita un látego de coiro vermello escuro.

O látego parecía un látego curto e trenzado, pero ao final tiña unha lonxitude adicional de nove rabos feitos de coiro case do tamaño dunha corda, cada un anudado ao final.

"Que carallo", pensei.

Tan inxenuo como son, sabía que o látego que suxeitaba non era o azote que describira Angela.

Mirei para Angela e ela sorriu dun xeito apenas inocente e encolleuse de ombreiros.

"Esa cadela vai conseguir o que busca algún día".

Sabía que ía doer máis do que explicara anteriormente, pero ía tomalo como puidese para demostrarlle a Angela que podía aguantar.

A señora Samantha vira esta interacción e botouse a rir.

"Señoras, parece que a este escravo non se lle dixo todo sobre o programa desta noite, pero aceptou estar aquí e esta será unha boa lección para el. Agardemos a un escravo desconcertado!"

" Pedro, escravo, aceptas que estás subordinado a todas as mulleres, que todas as mulleres son superiores aos homes, que servirás e obedecerás a todas as mulleres esteas onde esteas e que aprenderás a apoiar o movemento do pracer da dor? ?"

"Si, señora Samantha, estou de acordo", respondín.

"Sabes quen son, escravo, e que fago?"

"Si, señora. Ten o seu propio bufete de avogados en Maine que usei, pero só tratei co seu persoal".

"A nosa participación neste Grupo debe ser confidencial. Entendes a Peter e podemos contar con nós para mantelo en segredo?"

"Entendo que a señora e eu sempre teremos todo confidencial".

"Probaches o néctar doce dunha deusa negra, escrava, e queres facelo?" preguntou ela.

"Si, señora Samantha, si".

En canto mencionei esas palabras, a man que suxeitaba o látego foi á parte de atrás da miña cabeza e empuxouna cara ao seu coño que agardaba que quedara ao descuberto pola súa outra man mentres erguía o vestido.

A miña lingua buscou inmediatamente o seu clítoris, que estaba quente, e nadando en zumes sexuais, e mentres o lambía, sentín que se endurecía e medraba.

Sen pedir permiso, xirei lixeiramente a cabeza, abrín a boca que rodeaba o seu sexo e comecei a absorbelo todo a un ritmo crecente.

Durante uns segundos, ela bateu o seu coño na miña cara e despois empuxoume bruscamente.

"Ah, cadela", berrou e deume unha palmada co seu látego. "Lucy, fixeches moi ben... non só o corpo desta puta está feito para servirnos, senón que creo que a súa mente tamén está preparada para servirnos".

A señora Samantha retrocedeu e, mirando para o seu escravo, Angela dixo: "Listo", e despois entregoulle as dúas pinzas para a roupa a Cindy.

Levanteime completamente do chan, completamente suspendido nesta postura de aguia espallada salvaxe, de fronte á cabeza deste Grupo de Pracer da Dor.

Notei que Cindy miraba un tanto pensativa para as pinzas para a roupa e despois procedín a poñer unha no meu mamilo esquerdo e outra na bolsa de ovos, o que provocou que un xemido tranquilo abandonase os meus beizos.

Mentres isto sucedía, mirei a Samantha, que me parecía incriblemente salvaxe, e sentín que o meu pene se endurecía.

"¡Mirade, señoras! A puta xa me está a dar os seus respectos debidamente".

Inmediatamente despois de dicir isto, bateume con forza na coxa dereita e despois de novo na miña esquerda, o que fixo que loitase nas miñas restricións, pero sen facer un son entre os meus dentes apretados.

"Angela, dá a volta, por favor", ordenou Samantha.

Angela asubiou no meu oído o suficientemente alto para que todos o escoiten.

"Dálle a volta, puta cadela, e sé rápido".

Con todas as miñas forzas, volteime axiña o máis suavemente posible e mentres pensaba en Ángela e dicíame:

"Vou ter esa puta para min".

Seguro que pode ser un pouco máis agradable noutras circunstancias.

Cando rematei o turno, mirei aos ollos de Ángela e tentei matala sen moito éxito.

Entón Samantha deume dúas duras pestanas nas costas co seu látego e entón souben por que se referían a el como o aguillón.

Era coma se a cada golpe puidese sentir as nove colas do látego entrando no meu corpo, pero aínda así, había unha sensación de formigueo que case parecía esixir máis.

Cando a miña loita interior se calmou, escoitei a Samantha dicir: "¿Listo, Angela?" e entón escoitei un silencio da multitude de damas reunidas preto.

Mirei para abaixo e vin como Angela se inclinou cara a min e levaba o meu gallo erecto na súa boca, traballando ata que o tivese como ela quería e despois levantou a man dereita.

Nese momento, o meu mundo explotou cunha serie de golpes duros nas miñas meixelas traseiras e os dentes de Ángela apertando o meu pene tan forte que pensei que ía cortalo.

Non berrei, pero os meus xemidos a través dos dentes apretados parecían como se estivese mastigando terra.

Mentres loitaba nesta posición de escravitude total, Angela continuou morderme o pene ata que a señora Samantha falou:

"Angela, para xa. Serás castigada máis tarde por este arrebato. En que carallo estabas pensando muller?"

Entón erguinme e, coa axuda de Cindy, volvín cara ao Grupo e volvín poñerme de xeonllos.

Mentres baixaba a cabeza, a miña dona falou ao grupo:

"O seguinte será a nosa convidada de fóra do distrito, a señora Victoria, que axudou a establecer o noso Grupo Local. Señora Victoria, por favor".

"Saúdos, dona, son a escrava da señora Lucy", dixen mentres ela estaba diante de min.

"¡Levanta a cabeza, rapaz! Sabes quen son?"

Cando erguei a cabeza, volvín notar as dúas pinzas para a roupa, pero esta vez a súa man dereita suxeitaba un pequeno látego e o meu corazón afundiuse, pero non me levou a virilidade, xa que seguín sendo duro dalgún xeito.

Levantei a vista aos ollos dunha muller madura que aínda era extremadamente fermosa e tiña o corpo de alguén moito máis novo.

"Vostede é a señora Victoria. Intercambiei correos electrónicos con vostede cando me unín ao seu grupo de rol, pero nunca fun ben niso e dei por vencido. Perdón, señora".

Sinceramente, esperaba que non a molestara mentres baixaba a cabeza.

"Levanta e xira", ordenoume Angela.

En primeiro lugar, entregoulle as dúas pinzas para a roupa a Cindy, quen, de novo despois de miralas, levantou as cellas e despois procedeu a poñer as dúas no meu pene: Na pel a cada lado das bolas da base.

Despois viñeron cinco duros pestanas nas costas e nas miñas parteiras mentres xemei e loitaba nas miñas restricións.

"Excelente, excelente", declarou a señora Victoria antes de volver á miña posición de xeonllos.

E así foi, con diferentes castigos de todas estas mulleres poderosas, cada unha delas foi convocada pola miña Señora.

Desde Nellie, profesora de secundaria, ata Flora, actriz de telenovelas, ata Jane, doutora, Jemina, profesora de historia, pasando por Rosie, artista nun Talent Show, ata Laura , propietaria da televisión que me invitou. á súa illa..

Houbo dúas excepcións que vou sinalar con máis detalle, Clara, presentadora dunha canle de noticias por cable, e Celine, a rapaza do tempo da mesma canle.

Cando a señora Clara foi chamada, achegouse, golpeando un gran látego negro que colgaba da súa coxa, e parou xusto diante miña, case tocando a miña cabeza inclinada.

"Saúdos señora, son o escravo da señora Lucy, Peter", balbucei un tanto temblorosa e temerosa mentres seguía a romper o látego na súa perna sabendo que podía ver o seu xoguete.

"Levante a cabeza, señor. Sabe quen son?"

O home díxose de xeito despectivo para que todo o mundo o escoitase .

Cando levantei a cabeza, e mirei para ela por primeira vez na vida real, decateime de que era aínda máis fermosa que na televisión.

Tiña un corpo ben afeitado polo que morrer e o seu cabelo era actualmente rubio escuro ata os ombreiros e polo que lera, o seu cerebro superaba á maioría dos homes.

"Si, señora Clara, vostede é unha referencia no Cable".

Cando dixen isto, notei que ela non estaba prestando atención a nada do que eu dixen, senón que estaba mirando para Angela.

Xirei a cabeza en dirección a Ángela e notei que miraba a Clara e sorría e lamía os beizos.

"Esa rapaza tamén é unha bromista, cachonda e en todo", pensei en Ángela e ría suavemente a carcajadas.

Por desgraza, a señora Clara pensou que me estaba a rir dela e deume unha labazada.

"¡Señora Lucy! Este teu porco atrévese a rirse de min. Que vai facer ao respecto?"

"As miñas desculpas, Clara. Angela, colle as pinzas e ponllas ao cabrón. Agora!" Ela ordenou.

Cando Angela foi á mesa para buscar as abrazadeiras, preguntoulle a Lucy o que quería que estiveran e a resposta de Lucy foi:

"Cando non os poidas apertar máis, estarán perfectos".

"Señora Clara, espero que isto reúna a súa aprobación", preguntou Lucy.

"Levántao de puntillas!" dixo Clara mentres lle daba as pinzas a Cindy.

Angela entón ordenou a Cindy que quitase todas as pinzas para a roupa dos meus pezones e que as poña no meu pene unha vez que me erguín en posición.

Cindy non me mirou aos ollos mentres se quitaron as catro pinzas para a roupa e foron transferidas ao meu pene e despois colocáronse as pinzas para a roupa de Clara nas miñas bolas.

Neste punto, o meu pene estaba case completamente cuberto a cada lado polos alfinetes.

Entón Ángela, sorrinte e simpática, o can fixo o seu coas abrazadeiras.

Cada abrazadera constaba de dúas barras metálicas planas con parafusos en cada extremo que había que apretar a man.

Despois de soltar cada un, colocou unha pinza sobre un mamilo cunha barra por riba e por debaixo dela, e despois fixo que Cindy tirase a mamila a través da pinza mentres a apertaba.

Unha vez que ambos estiveron suxeitos, quedei algo aliviado xa que só Cindy tirando deles estaba a causar calquera tipo de dor.

"Agora vounos apretar, cadela", dixo mentres nos mirabamos os dous.

Mentres os apertaba, a dor fíxose insoportable.

Nunca sentira unha dor tan forte, pero estarei maldito, non lles ía dar o pracer de berrar porque é exactamente o que Ángela quería que fixera.

Clara ordenoume dar a volta, cousa que agradecín porque, despois de que todas as miñas fantasías televisivas con ela quedaran esnaquizadas ao saber que prefería o sexo oposto, non quería vela dándome azotes e sentindo a humillación.

En realidade, o seu azoute foi doloroso pero emocionante.

Foi pola miña humillación?

Con Mistress Celine, nunca chegamos á fase de azotes.

Despois da súa aproximación e da miña presentación, mirei a súa beleza e sorriu, e dixen que a vía durante anos todas as fins de semana mentres presentaba o informe meteorolóxico local e dixen que estaba namorada dela e pensaba que parecía fantástica.

"Queres probar a túa nena do tempo, Peter?"

"Sería unha honra, señora", respondín e despois procedín a colocar a miña cabeza entre as súas pernas mentres erguía o vestido.

Estaba quente e mollada e necesitaba un orgasmo.

A miña lingua traballou duro no seu clítoris mentres ela bombeou o seu corpo contra a miña cara.

Cando estaba completamente inchado, puiden suxeitalo cos beizos mentres a lingua pasaba por el.

Non pasou moito tempo antes de que xemeu cun orgasmo e os zumes de amor cubriron o meu rostro.

Entón ela retrocedeu, soltou o látego e achegouse á miña Señora e preguntoulle en broma se me vendería a ela.

Despois de ter repasado as miñas presentacións con cada unha das amantes, axeonlleime coa cabeza inclinada e souben que a señora Lucy estaba diante de min.

"Saúdos, señora Lucy. Son o teu escravo, o teu escravo Peter".

"Levanta a cabeza de escravo"

Cando o fixen, souben por que estaba alí esa noite, xa que a súa beleza era cativadora e realmente a amaba.

Non levaba abrazadeiras, pero levaba na man dereita un látego, que de inmediato souben para que era, xa que na man esquerda levaba unha mordaza.

"Ben feito escravo. O teu xuízo rematará pronto e as señoras acordaron permitir que se poña a mordaza para que poidas berrar cando sexa necesario durante o resto da noite. Agora, Ángela, pon a mordaza na suspensión dianteira e axustada completamente. este rapaz"

Angela colleu a mordaza e sen ningunha delicadeza meteuna na miña boca e asegurou a mordaza con forza despois de empurrarme a cabeza.

As damas observaron todo isto, especialmente cando me axudou a levantarme polas abrazadeiras e por primeira vez puiden berrar na mordaza.

Deixáronme en suspensión total para que todos o vexan.

Cando Angela recibiu a orde de quitar as pinzas, as Damas observaron con gran interese a miña reacción á eliminación de cada pinza mentres eu berraba e loitaba tentando consolar os meus pezones.

Entón Lucy veu e púxose diante de min.

"Por favor, Peter, mostra a todos que es o meu escravo. Agora quitarei todas as túas pinzas para a roupa co meu pequeno xoguete e non con moita delicadeza. Todo o mundo está observando a túa reacción ao que fago, así que imos facelo ben".

Asentín coa cabeza e pechei os ollos decidido a non berrar de novo mentres as colas do látego comezaban a pousar onde se colocara unha pinza para a roupa, pero a maioría estaban no meu pene e nas bólas.

Xemei e loitei tentando escapar do látego ata que finalmente parou e abrín os ollos a unha Señora sorrinte.

"Ben feito Peter", dixo ela e despois dirixiuse aos seus convidados. "Haberá un pequeno intervalo de tempo antes da representación de The Final Suspension. Poderías acompañarme cunha copa de viño xeado da miña propia mentres as mozas preparan o entretemento final da noite?"

"¿De que carallo está a falar?", pensei.

A suspensión definitiva? Vanme aforcar?

Entón baixáronme ao chan e dixéronme que me axeonllara mentres Angela e Cindy se ocupaban de prepararse para que: A miña morte?

Estaba demasiado canso para facer nada, mesmo cando a pesada barra estaba desconectada do cable e colocada detrás de min.

Cando mirei o meu pene, vin que colgaba débilmente e sabía que nin sequera o Viagra sería de gran axuda nese momento.

Asombrada, vin como Angela e Cindy sacaron algún tipo de motor, que conectaron ao cable e logo, despois de enchufalo, probárono para asegurarse de que funcionaba.

levantouse todo levantándome ata que me suspendín de novo.

Esta vez soltáronme a barra esparcidora dos nocellos e quitárona cando me puxeron en pé.

A continuación, Cindy colocou unhas pesadas esposas de coiro nas miñas coxas xusto por riba dos xeonllos e, cando ambos estaban ben abrochados, baixáronme nunha posición sentada.

Sentinme adormecido por todas partes e non temía máis intentos de causarme dor.

Logo ataba unha cadea de cada manguito da coxa á barra superior e tensouse ata que parecía que estaba sentado coas pernas abertas, mentres o cable levantábame ata que estaba a uns cinco pés sobre o nivel do chan.

"Cindy, imos probar isto antes da actuación final".

Angela mencionouno en voz baixa e despois colleu un cable eléctrico conectado ao dispositivo que tiña enriba.

O que parecía unha caixa de control dalgún tipo estaba conectado ao cable polo que Angela comezou a pasar os dedos.

Primeiro fíxome xirar no sentido das agullas do reloxo e despois no sentido contrario ás agullas do reloxo en xiros completos a varias velocidades e despois tamén me sacudín cara arriba e abaixo.

Satisfeita, Angela ordenou a Cindy que preparase a última peza, que vin dende arriba.

Levaron un pesado poste de aceiro redondo que tiña máis de catro pés de longo ata unha posición directamente debaixo de min e atornárono no que eu pensaba que era un buraco de choro incrustado no formigón ao nivel do chan.

Despois de asegurarse de que estaba axustado e sen movemento solto, Angela colleu un cono de aceiro inoxidable dunha caixa e comezou a atornillalo na parte superior do poste metálico.

Nese momento, todo isto sucedía directamente debaixo do meu corpo, así que tiña unha boa visión do que se estaba facendo e do que pensaba que pasaría, o que comezou unha dura sesión de loita pola miña parte xa que non quería estar. parte disto.

Inmediatamente Angela agarrou a base das miñas bólas, apretou e golpeou o saco de pelotas, que ela suxeitaba, todo o que puido co puño dereito, o que provocou que gritara na mordaza xa que o único que vin eran manchas negras brillantes ante os meus ollos.

"Párate, Peter, ou seguirei pegándote ata que desmaies. Entendes?" preguntou Angela.

Parei, pero por dúas razóns, unha delas era a ameaza de Ángela e a outra era o feito de que o meu corpo estaba todo esgotado.

Non aguantaba máis porque a suspensión me impedía facelo e sabía que durante o resto da noite quedaría aquí só asumindo a dor.

Tentei recuperar o alento mentres miraba máis atentamente o cono.

Aínda que era difícil de dicir, a parte superior era redondeada e parecía ter aproximadamente media polgada de diámetro.

Isto aumentou ao longo duns dez polgadas de lonxitude ata un diámetro duns dous ou tres polgadas na base, o que me pareceu duns dez pés.

A continuación, Cindy cubriuno todo cunha grosa capa de lubricante e despois, poñendo unha cantidade substancial na punta dos dedos, comezou a fregarme o ano con el.

Ela riu mentres cuspir intentando meter os dedos dentro de min, o que de súpeto acabou dentro de min provocándome jadear e xemir.

Mentres me atendían o culo, Angela conectou un reprodutor de CD e probou axiña a súa canción escollida para este puto evento feito por ela mesma, que esperaba volver en especie algún día pronto.

Recoñecín a música de inmediato... e sabía que o seu ritmo lento faría emocionar a todas as damas, pero me causaría moita dor.

O reprodutor de CD tamén estaba conectado á caixa de control do dispositivo.

Angela gravara previamente os primeiros compases instrumentais da canción e agora tocouno para chamar a atención das Damas e indicar que estaba lista.

Observei como as damas viñeron e puxéronse nun semicírculo ao meu redor a uns cinco metros de distancia e vin como Angela saudaba á señora Lucy mentres desconectaba a música.

"Señoras, esta é unha pequena presentación que fixo Angela e que ela chama A Suspensión Final.

O meu escravo Peter non foi informado disto ata hai uns minutos e é unha boa forma de que o meu escravo saiba que sempre espera o inesperado.

"Podes continuar Angela", dixo Lucy.

"Grazas, señora", respondeu Angela. "Espero que disfrutedes do espectáculo que eu chamo A suspensión final e que todos os homes deberían soportar para a actuación no Pracer da Dor".

Angela entón virou-se e camiñou cara á caixa de control e premeu algúns interruptores, facendo que Cindy baixase e guiase o meu corpo cara ao cono, que entrou uns centímetros no meu cu.

Berrei na mordaza ante esta penetración e, ao mesmo tempo, notei que todas as Damas enlazaran os brazos e observaban atentamente esta humillación do meu corpo.

Entón comezou a música e durante o primeiro minuto o meu corpo subiu unha polgada e baixou unha ou dúas polgadas e subiu de novo e baixou de novo todo o tempo coa música.

As Damas, co brazo, tamén parecían moverse ao ritmo da música como podían.

Tamén lles escoitei berrar cousas como "Isto debería pasar a todos os homes", "as mulleres gobernan", "os homes son escoria", "viva o pracer da dor ", con aplausos e aplausos durante toda a canción.

Sabía que a cadela Angela sería ben recompensada por isto, pero non podía facer nada máis que quedarme alí berrando cada vez que me penetraban en territorio virxe.

Durante o segundo minuto da canción, deberonme penetrar tres ou catro polgadas xa que xa non me movía cara arriba e abaixo, pero agora o cono facíase xirar en pequenos movementos á esquerda e á dereita.

Entón o último minuto... foi aquel no que berrei durante todo o minuto, un minuto infinito que me pareceu.

Non só aumentou o xiro do cono, senón que tamén o aumentou e abaixo.

Só escoitaba ruxidos de aprobación da multitude e sabía que comezaba a perder o coñecemento a cada latexo e, finalmente, co final da canción, o xiro parou e o meu corpo caeu sobre o cono; o meu peso perdéndoo todo o que puiden.

Entón berrei máis forte do que nunca berrei na miña vida e despois desmayei.

***

Cando espertei, estaba só... alí non había ninguén.

O día converteuse en noite, pero as luces da casa e da granxa daban luz suficiente para que puidese ver onde estaba.

Mentres estaba deitado debaixo da estrutura do patíbulo, alguén lanzara unha manta sobre o meu corpo e mirando ao redor, non había indicios de que algunha vez tivese lugar unha sesión de ningún tipo.

Imaxinarao todo?

Ese pensamento cambiou cando intentei moverme e sentín todas as dores dentro do meu corpo.

Estaba libre das miñas restricións e mordaza, espido na herba e non tiña idea de que facer.

A música e as risas saían da casa, pero non quería nada que ver con ela e esforzándome por erguerme, dirixín cara ao edificio de entrada onde estaba preparado.

Tropequei polo edificio e atopei o meu coche, no que me subín axiña e quería poñelo en marcha, pero non atopei as chaves.

—¡Baixa do coche!

Levantei a vista e vin a Cindy vestida cunha blusa branca e unha saia curta.

Sen suxeitador, Deus é fermosa, pensei, pero sabía que non podía facer nada agora mesmo.

"Oíchesme rapaz? Saia do coche agora. Os homes deben obedecer a todas as mulleres e iso significa que Peter, agora vas saír de aquí no coche".

Estaba demasiado canso para discutir ou coñecía o meu lugar no grupo?

De todos os xeitos, saín do meu coche e vin a Cindy poñendo a miña roupa para que me poña.

"Oe, esa roupa é miña! "De onde conseguiches todo iso?" pedín.

"Só ponte e sube ao coche, teño que levalo a casa e coidar de ti. A señora Lucy estaba preocupada polo teu benestar".

Estaba demasiado canso para dicir nada e agradecido de que alguén me levase a casa.

Cindy aparcou ao lado da calzada, sen elixir entrar nin abrir o garaxe.

As luces da casa estaban acesas e sabía que non deixara ningunha acesa así que decateime de que levaran as miñas chaves e prepararan a casa nalgún momento da noite.

Despois de que me metese na casa, Cindy levoume ao baño e meteume á ducha, na que se meteu comigo.

Ela lavoume, suxeitandome preto dela... sentíame tan suave e tan ben que sabía que en pouco tempo o meu corpo volvería á normalidade.

Cando a auga salpicaba sobre nós, escoitei un forte ruído na zona do dormitorio.

"Que foi iso? Hai alguén máis aquí?"

"Reláxate Peter. Ese era só o sistema de refrixeración central ou algo así. Tiveches un día duro. Imos secar e deitarnos na cama".

Arrastroume suavemente seco, bicando o meu corpo onde estaba dorido ou marcado e, finalmente, deume un bico duro nos beizos coa súa lingua que parecía masaxear a miña.

Deus, ela me excita.

Espidos , fomos co brazo á habitación de hóspedes, que tiña todas as luces acesas.

Pensei que Cindy o fixera.

Cando entramos, sorprendeume ver a señora Lucy espida na cama sen levar posto máis que unha tanga negra.

"Ah, aquí están os meus dous escravos. Ambos parecen fantásticos. Veña, Cindy, e únete a min. Non, non ti, Peter, non quero escravos. Non se necesitarán os teus servizos esta noite, así que vai ao dormitorio principal. agora!" "

O meu corazón caeu máis baixo que nunca ao escoitar as súas palabras e coa cabeza gacha, fun ao meu cuarto.

Estaba escuro, así que, naturalmente, prendín a luz e alí no chan do dormitorio estaba Angela!

Estaba espida con puños metálicos nos pulsos pechados ás costas e tamén nos nocellos e levantada nunha posición sumisa ao ter o cabelo longo atado cunha corda que estaba ben atada aos nocellos.

Unha mordaza contiña os seus suspiros mentres me miraba contemplar a súa beleza e entender o que ía pasar despois.

Ao seu carón había un pequeno látego de coiro cunha soa cola trenzada que parecía un látego de touro en miniatura, e encima había unha nota.

A nota era da señora Lucy e simplemente dicía:

"Lembra Peter, sempre espera o inesperado".

Cando levantei o látego, a miña virilidade volveu con forza e desde ese momento souben que nunca deixaría de pertencer ao Pracer da Dor.

O DESEXO DE SANDY

"Esta noite espero por ti no teu cuarto de hotel habitual, necesitote".

Sandy colga o teléfono a Sam, anticipando nerviosamente a súa gran noite.

Nunca deu pasos tan atrevidos con ningún outro amante.

Aínda que era esixente e famento coma un lobo , ningún home tocou as súas paixóns máis profundas como o fai este amante.

E cando ela llo menciona tentativamente, para o seu deleite, el é receptivo a iso.

A súa mente volveuse tola.

Este amante pode realmente darlle o que anhela?

Na súa rutina diaria, Sam é un home poderoso e exitoso, un home ao que todos no seu mundo deixan de escoitar.

E no seu mundo, Sandy é unha tranquila nai casada dos suburbios, tamén escoitada, pero só por nenos pequenos.

Ela quere control e respecto case tan forte como el quere que alguén coide del.

Alguén que se responsabilice.

Alguén para aliviar a presión de estar sempre ao mando.

***

Sandy está diante da porta da habitación do hotel, sabendo que a agarda dentro.

Nerviosamente chama á porta.

Convocando a súa coraxe e lembrando as súas fantasías, fai un pouco o seu papel.

"Abre a porta agora mesmo, ou voume á casa".

Sam sorrí cando escoita a voz do seu amante que lle ordena.

Case pode escoitar a risa musical que acompaña a maior parte do seu discurso, sabendo que el na súa vida xeralmente a fai rir e isto en particular é un cambio de ritmo para ela polo que debe estar explotando de alegría.

Cando se abre a porta, ela evita un sorriso.

Sorrílle e os seus ollos perforan os dela nun intento involuntario de loitar polo control da situación.

"Non esta noite, Sam. Non esta noite. Eu estou ao mando esta noite, non ti. Quítao todo e vai para a cama. Agora abrazade ou marcharei".

Sandy fala estas palabras con crecente confianza.

A súa voz resoa con firmeza.

De pé cos pés firmemente plantados no chan, Sandy observa como se desnuda.

Cada peza de roupa que quita revela un pouco máis do seu incrible físico.

GUAU.

Como lle gusta.

"Agora déitese na cama. E non te movas, Sam, ou marcharei. Digo en serio".

Sandy soa seria e firme, o seu primeiro exercicio de control e a súa emoción crecendo cada minuto.

Deitase na cama, a súa masculinidade, débil polo momento, crecendo lentamente, creando unha liña perpendicular ao seu corpo deitado.

"Os teus ollos postos en min. Mírame".

Sandy está de pé ao pé da cama, co seu amante espido diante dela.

Mentres que moi lentamente, e deliberadamente, eliminando cada peza de roupa.

Pasando lentamente a camisa por riba da cabeza, detense diante del.

O seu escote sobresae das copas do suxeitador negro intentando, débilmente, manter as súas tetas no seu sitio.

A súa cintura delgada está cuberta por un corsé negro, atado na parte dianteira para enfatizar as súas curvas.

Quita lentamente a saia, centímetro a centímetro, revelando unha pequena tanga de contas negras con delicados lazos negros en cada cadeira.

Xirándose para que el estea mirando cara atrás dela, ela desabrocha lentamente o suxeitador para que os seus peitos se balanceen libremente sobre o corsé, liberados da súa prisión temporal.

Sandy suspira con deleite.

De costas ao seu amante, volve a cabeza sobre o seu ombreiro e advírteo de novo:

"Non te movas".

Xirándose, lentamente, e expoñéndolle os seus deliciosos peitos, leva o suxeitador nas mans.

Lanzándoo cara á cama, cae de xeonllos.

O encaixe do suxeitador fai cóxegas no xeonllo e comeza a agacharse para quitalo.

Sandy mírao con severidade:

"Este é o teu primeiro aviso. Non te movas. Sabes moi ben o que pasará se o fas".

Mentres loitas por quedarte quieto, sentes que o teu sutiã está incómodo e che fai cóxegas no xeonllo.

Cada vez é máis consciente da súa presenza.

A súa pel córguelle as ganas de rabuñar.

Mentres os seus ollos seguen encontrándose, Sandy tira lentamente dos lazos dos lados da súa tanga negra, desatándoa.

Mentres tanto, cae ao chan, xunto co resto de roupa.

De pé, agora completamente espida agás o corsé, Sandy levanta lentamente o xeonllo esquerdo desde o pé da cama ata o colchón, a piques de arrastrarse cara a el.

Levantando o outro xeonllo, ela está aos seus pés.

Coas mans estiradas cara adiante, o seu corpo balancea lixeiramente con luxuria incontrolada.

Ela balance de xeonllos, imitando o seu desexo de montar o seu pau duro, mentres mira con luxuria aos seus ollos.

Sam xace alí, disposto a manter as mans aos lados, loitando contra o impulso de tomar o control deste fermoso gatiño sexual ao pé da súa cama.

Lembra a si mesmo canto tempo esperaron para cumprir esta fantasía correctamente, e quere cumprila ata o último detalle.

Revólvese con impaciencia, recordándose que se se move, estragará este delicioso xogo.

O seu pene está atento e Sandy non pode evitar notar o absolutamente apetitoso que parece.

Lambendo os seus beizos suxestivamente, atópase coa súa mirada, notando a suor que se forma no seu beizo superior.

Mentres loita por seguir os seus desexos para esa noite.

Ela detense e decátase de que o seu suxeitador aínda lle frega o xeonllo, sabendo que o material do tecido ten que estarlle toleando.

Por sorte para el, levántao do xeonllo.

Pero despois pasa lentamente o tecido de malla e encaixe pola súa coxa, sobre a inguina, acariciando lixeiramente a súa pel, ata que finalmente lánzaa detrás dela á morea de roupa descartada ao pé da cama.

Deslizando o seu corpo con gracia, ela leva a súa boca a centímetros da súa.

Mirando os seus beizos, ela sabe que esta é a boca que bica con crua paixón, con tanta fame.

Ela sabe que está loitando contra o seu máis forte desexo de non quedarse quieto e devorala coa boca.

Sentado sobre o seu peito, apoiando o seu corpo coas súas pernas fortes, o seu coño ansioso e a súa pel exuberante frotan contra o seu torso.

A cabalo sobre el, pregúntalle suavemente:

"Queres degustarme?"

Tremendo, sabendo que cambiaron completamente o poder pola noite, só pode asentir.

En resposta ao seu aceno, Sandy pasa o dedo medio pola súa fenda que gotea, levantándose lixeiramente, polo que está mirando para ela.

Co dedo brillando cos seus zumes, pásao por baixo do seu nariz, sen tocarlle a pel.

"Podes cheirarme, Sam?"

Volve asentir.

"Gustaríache degustarme, Sam?"

Sandy absorbe por completo o seu papel de estar ao mando e gústalle burlarse e burlarse del, sabendo que ao final da noite experimentarán algo completamente novo.

Sandy toca o seu beizo superior trémulo co dedo, dándolle os seus zumes coma un oasis no deserto.

Mentres pasas o dedo polos seus beizos, ela inclínase cara adiante, polo que os seus peitos balancean e rozan o seu peito mentres o fai.

Sacando a lingua, lambe só os seus beizos, compartindo os seus zumes, probando os seus beizos, evitando devoralo, sabendo que unha vez que a bique, perderá o control que tanto traballou por conseguir.

Os beizos tensos mentres xoga, Sandy recupera rapidamente a súa lixeira perda de compostura.

Metendo o dedo entre os dentes, lambe a súa esencia.

Os seus ollos e os seus nunca se separan e coa súa mirada xa se foderon miles de veces antes de que as partes do seu corpo conflúan.

Deslizando un pouco polo seu torso, o seu traseiro xoga co seu pene erguido mentres as súas nádegas envolven a súa masculinidade palpitante mentres loita por empuxar entre as súas pernas.

Ela segue deslizando cara atrás, a súa flor quente quente rozando a punta da súa dura vara, tentando e burlando del coa súa calor.

Ela esvara polas súas pernas, que el loita por manter quieta, ata que a súa boca alcanza a súa enorme erección.

Deslizando lentamente a punta da súa lingua entre os seus beizos, Sandy lambe a cabeza, pero nada máis.

O seu amante intenta meterlle profundamente na gorxa, pero ela négase a sucumbir ao seu desexo de encerralo coa boca.

Pola contra, ela atormentao lentamente, só lambendo como un cono de xeado, saboreando a cabeza redondeada do seu pene.

"Queres máis, Sam?" Sandy pregunta con doce.

"Uh huh", unha resposta estrangulada emerxe da súa gorxa.

"Necesito que mostres o que queres. Enséñame que facer coa túa boca".

Cando Sandy di isto, ela desliza o seu corpo desde o seu pene cara á súa boca, onde planta o seu coño goteando xunto á súa boca.

"Mostrame como che gusta que te lamen. Necesito aprender e só ti sabes o que máis necesitas".

Sandy pon a súa boca directamente, mentres agarra o lado da cabeza coas dúas mans, guiándolle a cabeza cara adiante para poñer a boca e o coño en contacto directo.

"Cómeme. Amósame canto me queres".

Cando ela lle ordena que faga isto, Sandy solta a cabeza e déitase sobre os seus brazos, achegando o seu coño á súa boca.

Botando a cabeza cara atrás en éxtase, dáse conta de que o seu amante está a gozar unha vez máis do seu xogo de roles mentres el rodea con fame o seu coño, sabendo que se fai un bo traballo, as recompensas serán inmensas.

Pasando a súa lingua sobre os seus beizos, abrindo a súa flor, chupando o seu clítoris, el alternativamente séntese máis incrible na súa boca famenta.

Segue lambendoa ata que a súa excitación corre polo seu queixo.

Estende a man para collerlle as cadeiras e ela retrocede rapidamente.

"Díxenche que non te movases. Este é o teu segundo aviso".

Mentres quita rapidamente o seu coño da súa boca, observa a mirada perplexa nos ollos do seu amante.

Incapaz de manterse completamente no seu carácter, Sandy inclínase cara adiante e lambe con ternura os seus zumes do seu rostro, bicándolle as meixelas e mirándolle aos ollos para que entenda que ela realmente está xogando, pero que nada realmente a evitará del.

Despois de que ela lambe a boca, o recordatorio da súa propia excitación case lle fai perder o control.

Tremendo para manter o seu papel, axiña afástase del de novo e baixa da cama para mirar ao seu amante alí deitado, esperando o seu próximo movemento.

O seu pene brilla onde ela lambeu a cabeza, pero ela nota unha pequena gota de líquido precum empuxando desde a punta.

"Sam, parece que estás moi emocionado. Pódesme falar diso?"

"Estás toleando, Sandy. Esta é a tortura máis doce que coñecín".

"Ben, Sam, a paciencia ten a súa recompensa e quero que os dous aprendamos algo. E non estou preto de rematar contigo".

Mentres ela di isto, empurrase rapidamente fóra da cama e inclínase para darlle ao seu amante unha vista do seu cu marabillosamente redondeado.

Xeme con lujuria, sabendo que só ten que mirar.

Ela saca algo da súa bolsa e dá a volta sostendo un pequeno obxecto, pero co puño pechado, obviamente, porque non está preparada para que o vexa.

"Pecha os ollos", ordena.

Cada parte da súa forza de vontade é probada xa que as únicas restricións e prohibicións que usan para este xogo de roles son puramente mentais.

El optou por non moverse nin abrir os ollos, simplemente porque Sandy o solicitou.

El sente que o seu corpo se move xunto ao seu e o colchón cambia lixeiramente xa que ela debeu sentarse ao seu lado.

A súa pequena man toca a cabeza do seu pene, o seu dedo esfregando o precum pola parte superior.

"Sam, pareces que estás listo para estoupar. Pero eu estou listo para iso. Pero non te preocupes e non abras os ollos nin te movas".

O silencio é enxordecedor xa que o único son da sala é a súa respiración cada vez máis traballada.

Sandy agarra o seu pene cunha man, e coa outra desliza algo sobre a cabeza, un frío anel de metal que lle fai tremer o corpo e fai tremer a columna.

Ela desliza o anel ata a base do seu pene e o seu pulso convulsiona.

Inmediatamente, sente que se está facendo máis forte e inchando.

"Abre os ollos."

O seu amante abre os ollos e capta un destello de metal e unha almofada na base da súa enorme erección.

"Un anel de galo, eh?"

"Este é o meu comodín de seguridade, Sam. Teño moito que ver contigo e non quero que isto remate antes de que comece. Pódese sentir?"

"Si, está axustado".

"É incómodo?"

"Non, só diferente".

O seu amante traga, un pouco nervioso, sen ter usado nunca ningún tipo de xoguete adulto.

"O rodamento está deseñado para darme pracer. Vou ver como se sente. Manténase quieto".

Sandy está a gozar do seu xogo de control e a súa excitación comeza a alcanzar un punto de febre.

Os seus zumes quentes flúen libremente, polo que o único que ten que facer é andar por el e baixar sobre el, quen a enche inmediatamente co seu enorme galo.

Ela inclínase cara adiante facendo que o rolo rode sobre o seu clítoris.

O seu corpo quenta inmediatamente o frío metal e presiona suxestivamente contra o seu punto máxico mentres ela se balancea cara adiante.

O seu pene arqueándose lixeiramente mentres ela se aperta na toma.

Ela agárralle os pulsos coas súas pequenas mans, aínda que calquera tipo de inmobilización é meramente simbólica, xa que podería derrotala facilmente.

O seu xogo non é realmente sobre o poder.

Simplemente fai pasar por a agresor, a heroína conquistadora.

Cun chisco astuto de comprensión tácita entre eles, o seu pracer mutuo intensifícase.

"Isto é o que quero, Sam. Podes sentirme? Podes sentir o quente que me fai?"

Sandy morde o beizo inferior mentres presiona máis forte.

As paredes da súa vaxina tensáronse, agarrando o membro de Sam con dominio posesivo.

Ela está máis alto, apertando o seu pene mentres el sente que o anel do pene restrinxe a súa excitación, facéndoo máis difícil.

Sam fai muecas mentres o seu instinto é meter as súas cadeiras salvaxemente nas profundidades dos seus encantos femininos.

Pero lembrando que xa ten dous avisos, loita por conterse.

Sandy deslízase ata a parte superior do seu pene, só coa cabeza dentro dela, e séntase perfectamente quieto, listo para liberalo ou rodealo.

O momento tenso continúa cando Sandy permanece perfectamente quieto.

"Sam, estás a gozar disto? Gústache como xoga o teu amante? Podes seguirme de novo?"

As burlas xoguetonas de Sandy emocionan a Sam ao entender que só pode cruzar a liña unha vez.

En lugar de responderlle, levanta as cadeiras e afunde nela o seu membro palpitante cheo de virilidade.

O anel do pene rola sobre o seu clítoris e el sorrílle xogando.

"¿Tres avisos envíanme ao banco?"

Sandy estremece por un momento, decidido a manter o control, e sorrílle a Sam.

"Analoxía do béisbol, eh? Eu chamaríalle unha falta. Imos por outro lanzamento".

Sandy segue agarrando o pulso de Sam nunha especie de falso agarre mentres ela se afasta del de mala gana.

Véndoo, de súpeto a premisa do xogo faise menos importante.

Ela quere que este home empurra dentro dela e está perdendo a forza de vontade cada minuto.

"Creo que teño que consultar co lanzador", afirma Sandy, mantendo viva a analoxía do béisbol pero inclinándose para bicar a Sam.

Premendo a súa boca contra a súa, xeme con lujuria, mentres o xogo de roles se evapora rapidamente.

Sen alento, ela afástase del.

"Fódeme agora. Esa é a miña orde, Sam".

Sam sorrílle á súa Sandy e respira aliviado.

"Con ou sen esta cousa?"

Sam sinala o anel do pene con curiosidade.

"Con iso, ata que esteas a piques de chegar ao clímax, entón vouno quitar".

Sandy envólvese de costas e estende as pernas cunha invitación sedutora.

"Sam, lembra que aínda estou ao mando, e quero que me fodes coa boca".

"Con gusto, miña dona. Con pracer. Agora tócache quedar quieto".

Mentres Sandy estende as pernas, Sam colócase entre elas e fai arremolinar a lingua entre elas, buscando o néctar. deslízase sobre a súa lingua, que flúe agradecida pola súa emoción.

Mentres lambe a súa flor aberta, paseando arredor dela, Sandy xeme cun anhelo de desexo primordial.

Sandy pérdese nas sensacións da lingua de Sam e flota cara a un lugar lonxe do seu cuarto de hotel.

Agarrando a súa cabeza, ela invítao en silencio a unirse á súa viaxe extática.

Sam mide as súas respostas e sabe que está ao bordo do seu orgasmo.

El desliza polo seu corpo, o sabor dela aínda nos seus beizos.

Mentres empurra o seu pau dentro dela, bica a súa boca profundamente.

Entrando nela con facilidade, Sam sente que as paredes trementes o rodean.

Ela sente o seu anel contra o seu clítoris mentres Sam empurra unha e outra vez, mostrándolle que son necesarios dous, non un, para facer o amor.

Ela dobra as pernas cara atrás ata que descansan sobre os ombreiros de Sam, e el entra nela por completo.

O seu corpo está cheo del, o seu clítoris fai cóxegas e el sente toda a profundidade da súa muller.

Sam consúmalle a cara, o pescozo e os ombreiros cos seus bicos.

"Oh Sam."

Sam acelera o seu ritmo, sabendo que a súa Sandy está moi preto do clímax.

Ela comeza a revolverse e el lembra a premisa da noite.

—¿Estás lista, miña dona?

"Eu son."

Facendo unha pausa por un momento, Sam retírase de Sandy de novo.

Ela colle o seu gallo, saturado cos seus zumes, e enrola o anel do gallo.

A bola metálica redondeada traza un camiño invisible ao longo do teu pene.

Sostindo o anel brillante na palma da man, sorrí ante o símbolo do seu éxtase mutuo.

Sandy leva o anel á boca e lambe a circunferencia, sen apartar a mirada dos ollos de Sam.

Suxeitando o anel entre os dentes, ela inclínase cara a Sam mentres el sácao dos seus dentes, só para botalo na cama.

"Es tan fermosa que nada pode impedirme querer estar dentro de ti, en todos os sentidos".

"Tómame, meu amante".

Sen outra palabra, Sam empurra a súa erección furiosa na abertura famélica de Sandy.

Ela practicamente dálle a benvida dentro cun berro de benvida.

Empúxaa varias veces salvaxemente, unha e outra vez.

Sandy xeme cunha paixón incontrolable.

" Mmmmmmmmmmm , Sam. Oh, cariño. Así, así, máis alto, así ".

"Oh, nena, Sandy, quérote moito".

"Veña Sam, máis duro".

Sam fai unha pausa un momento, saíndose da calor de Sandy.

"Sandy, estou listo para estoupar. Estás listo?"

"Estaba preparado para ti no momento en que entraches, Sam".

Cando Sandy di isto, agáchase, guiando a Sam de volta á súa ansiosa apertura.

Nun movemento rápido, Sam empurra cara a Sandy e aperta os dentes.

Enterrando o seu pau palpitante no fondo dela.

Ela xeme coma unha muller que de súpeto se encheu de todo o que necesita.

"Oh Sam, aínda o tes enorme para min".

todo o día animándose . Encantoume verte tomar o control".

"É verdade que non o tes así, e encántame compartir o que tes comigo".

Os amantes deixan de falar e comezan a moverse máis rápido, ambos tan perigosamente preto do seu clímax.

Sam empuxa repetidamente e Sandy érguese para atender cada un dos seus impulsos mentres eles dan un valse á alegría primordial.

"Oh Sam, corre comigo... xa estou alí..."

Sandy jadea e retorcíase mentres o seu rostro se contorsiona cunha paixón incontrolada mentres ondas de músculos contraídos apoderan do seu núcleo e irradian pracer polo seu corpo.

"Oh Sandy..."

O corpo de Sam ríxise e tómaa nos seus brazos mentres transfire toda a súa enerxía desde o seu gallo palpitante ao corpo acolledor de Sandy.

O seu cum flúe dentro dela, mentres o seu zume flúe ao redor do seu pene, en éxtase líquida.

Colapsándose sen alento sobre o colchón, tómanse da man mentres os latidos do corazón van máis lentos.

"Ese foi moito mellor que o rápido habitual, non cres?" Sam sorrílle malamente a Sandy.

"Oh, si, e o meu marido que foi de viaxe foi útil. Así puidemos gozar mellor da nosa habitación".

"Ben, cariño, realmente non quería gastar toda a miña paixón acumulada en levar á miña muller á cama. Quería dártelo todo".

"E quería que mo deras todo. Diría que cumprimos o noso desexo, non?"

"Si. E aínda temos tempo para máis, xa que a miña muller non me espera na casa pronto..."

"Brillante! "Imos ter que volver durar esa sabrosa polla", dixo Sandy mentres se inclinaba para lamberlle de novo...

APOCALIPSEX ZOMBIE

A mellor parte do apocalipse zombie?

As nenas agradecen cando lles salvas a vida.

Falo en serio.

Realmente fan, aínda que teñas un tipo como o meu.

Non son o mozo máis alto da cidade nin o máis intelixente nin o máis guapo.

Son tan normal como podes.

Eu teño cinco pés e sete de alto.

Teño o pelo castaño liso que deixo curto.

Non é caoba ou pelo castaño.

Non é longo nin ondulado nin especialmente brillante.

É marrón, como un típico debuxo animado marrón.

Non son nin gordo nin fraco.

Só son, carallo, non o sei.

Fóra de forma?

O mellor exercicio que fixen foi axitar a espada medieval que merquei nun Festival do Renacemento hai un par de anos.

Caramba, encantábame facer xirar a esa rapaza mala.

Mesmo comprou sandías, apoiounas nun poste de cerca e cortounas como un auténtico guerreiro medieval.

Recoñézoo.

Na miña mente, sempre fun un pouco malo.

Quen podería imaxinar que todo ese balance de espada algún día viría ben?

Pero nada diso foi suficiente para salvar a miña nai ou a miña irmá.

Supoño que debería dicir que tampouco puiden salvar ao meu pai.

Pero é gracioso dicir que non o puiden salvar, cando fun eu quen lle cortou a cabeza.

Si, é unha merda.

Gustoume o vello.

Estaba afiando a Excalibur, como chamei a miña espada, de xeonllos cando entrou no meu cuarto.

Decateime de que algo andaba mal.

Estaba cuberto de sangue por todas partes, que despois souben que era de mamá.

Non vin onde o morderon, pero non importaba.

Gruñía, como nas películas.

Era un ruído profundo e gutural que parecía que viña dun animal máis que dun humano.

El cambaleou cara min, coas mans cubertas de sangue estendidas, e souben.

Non sei como souben, só sabía.

Entón me erguín, berrei algo así como "¡Atrás!"

Cando non reaccionou, balancei a espada.

O meu primeiro asasinato.

Pai.

Mortos e mortos de novo.

Despois de vomitar, sentíame ben.

Corrín pola casa.

Atopei a mamá morta e en anacos.

A miña irmá estaba no curro con outros tres zombies que aínda a mordían.

Sempre foi unha puta.

Coidei de cada un deles sen prexuízos extremos.

Foi máis doado do que parece.

Coa comida diante deles, miña irmá, os zombies pretenden comer.

Non lles importa moito que se sume alguén máis ao festival.

Non lles importa se hai máis xantar gratis preto.

O único que lles importa é chegar ás golosinas que hai dentro.

Despois de que o corazón, os pulmóns e os órganos desaparecen, comezan os problemas.

Despois érguense e buscan máis.

O malo é o rápido que poden comer.

Poden pasar por un humano máis rápido que, ben, non sei que.

Despois de matar o último dos zombies que estaba comendo a miña irmá, mirei o que quedaba dela.

Non era bonito.

Había anacos de pulmón e a maioría dos seus intestinos.

Ao parecer, aos zombies non lles gusta comer merda.

De verdade, quen pode culpalos?

Nancy Williams é a bomba que vive ao lado da miña casa.

Hai un xardín que separa as nosas casas.

Parei o tempo suficiente para poñerme as zapatillas deportivas e corrín cara á súa casa.

Quizais cheguei tarde, non o sabía, pero tiven que intentalo.

Nancy podería ser unha cadela atascada, pero non merecía morrer a mans e a boca dun zombie.

Non saíu ben.

Mentres corría puiden ver que as súas luces exteriores estaban acesas.

As luces funcionan como un detector de movemento.

Cando me acheguei puiden ver por que estaban acesos.

Tres dos mortos vivos estaban no xardín dianteiro e tropezaban cara á súa porta.

Observei como o primeiro corría cara á porta antes de que puidese chegar alí.

Como un idiota, o pai de Nancy abriulle a porta e el foi o primeiro en morrer.

Iso deume a oportunidade de eliminar os tres zombies que caeron sobre o mozo para cear.

Como dixen, cando comen, os mortos-vivos ignoran todo o demais.

O pai de Nancy parecía un naufraxio.

Saltei sobre o seu corpo e chamei a Nancy.

Por outra banda, tiven a sorte de que saíse a nai de Nancy.

"Que lle fixeches ao meu marido?" ela berrou e lanzoume unha lámpada.

Unha puta lámpada!

Golpeino con Excalibur.

Todo o béisbol que xogara de neno tamén axudou.

"¡Señora Williams! Zombies!" Tentei explicar.

Ela botoume unha mirada salvaxe e correu cara aos restos do seu marido. Mala idea.

Peter Williams foi o suficientemente malo como para morrer e volver.

Colleu á súa muller e comezou a comer.

Eses son os berros que aínda hoxe me manteñen esperto algunhas noites.

Aínda que non sexa a señora. Williams, cando escoito berros ao lonxe, sempre substitúo os seus berros polos que escoitei ese día.

Ser comido vivo doe.

Tiven moito tempo para resolver o misterio.

Se te morden, dás a volta.

Non importa onde te morden, só que o fagan.

Hai que evitar ser un bocado.

E non me preguntes por que, pero ter tripas de zombis ou sangue en ti ou na túa boca non o fará.

Se a mordedura é mortal (o señor Williams mordeu primeiro na yugular) e outros zombies non che fan anacos, podes virar moi rápido.

En canto morras, supoño.

Se é unha mordida non mortal, o veleno tarda un tempo en facer o seu traballo.

Aínda morres e te convertes nun dos non mortos, pero pode levar unhas horas ou incluso días.

Por iso, ao cabo dun tempo, comezas a matar aos recén mordidos con tanta impunidade como dás a esas cousas xa convertidas.

Por que non?

Só van causar problemas tarde ou cedo.

Non fago moito diso, pero fágoo.

A señora Williams aínda estaba berrando mentres foi asasinada en sangue (na descrición máis precisa que podo dar) cando Nancy entrou na sala.

Estaba confundido e asustado.

Ela viu o que o seu pai lle facía á súa nai.

"Facer algo!" berroume ela.

Eu xa estaba niso.

Balancei a espada na cabeza do señor Williams e decapitaino.

Desgarrada e destrozada, pero apenas comida, a nai de Nancy volveuse rapidamente.

Ela rosmou para min e iso era todo o que necesitaba.

Nun momento dado quedou sen cabeza.

"Meu Deus!" dixo Nancy.

"Si. Zombies", expliquei.

"Non unha merda", dixo ela.

Levaba unha camiseta axustada e pantalóns curtos de algodón.

Parecía quente como o inferno.

Ela non levaba suxeitador.

Os seus pezones estaban duros coma o inferno.

É curioso como podo lembrar todo iso coma se sucedese onte.

"Hai máis?"

"Tres mortos máis na fronte", dixen.

Fixen o posible para afastar os restos dos seus pais e pechar a porta.

A televisión estaba acesa no salón e os locutores entraran na programación con noticias de última hora.

A merda era real e pasaba por todas partes.

Ninguén sabía por que.

Ninguén sabía se había punto cero.

A ninguén lle importaba.

Nancy e máis eu achegámonos ao sofá e miramos a pantalla abraiados.

"Grazas por salvarme a vida", dixo despois de que se afondara a realidade dos novos tempos.

"Non hai problema", dixen.

"Porque eu?"

"Porque es bonita", díxenlle.

Era a verdade e tiña demasiado medo para mentir.

"Grazas", dixo e seguimos vendo a televisión.

Non lembro cando pasou, pero despois dun tempo, Nancy suxeriu que me duchara e lavar o sangue.

Fíxeno.

Deume algunhas das roupas de seu pai para que puxese.

Non me quedou moi ben.

Non me importaba.

Podería ir a casa e buscar roupa.

Despois levoume ao seu cuarto.

"Non quero morrer virxe", dixo e deume un bico tentativo.

"Es virxe?" Preguntei.

Tendo en conta que os mortos volveron á vida e comían aos vivos, probablemente foi un pequeno detalle, pero aínda así me sorprendeu.

"Se non o fas?"

"Joder non", dixen.

"Merda".

"Vou en serio", insistín.

Púxome a man na cadeira e deume esa clásica mirada pervertida que afortunadamente remata despois do instituto.

"OMS?" el esixiu.

"¿Katty Walker? Andy Muller?"

"Non , en realidade o fixen primeiro con Vicky Flowers , pero tamén fixen algo coas outras dúas. E foron divertidos. Os boto de menos".

"Por que non salvaches un deles?"

"Estabas máis preto".

"Non podo crer que sexa virxe e ti non", dixo.

"Só significa que sei o que estou facendo", suxerín.

"Se non morremos e lle dis isto a ninguén, voute matar".

Puxen a Excalibur ao lado da porta do seu cuarto, onde podía collelo facilmente.

Entón biqueina.

Non xoguei a bicala, quero dicir, biqueina.

Joder.

Eu fun o heroe.

Vira bastantes películas.

Ía bicala coma un heroe.

Premei os meus beizos contra os dela e empurrei a lingua na súa boca.

Nancy xemeu de sorpresa antes de fundirse contra min.

Despois apartouse e quitou a camisa.

Tiña razón.

Non levaba suxeitador, tiña pezones grandes e as súas tetas eran perfectas, servíronme coma un pedazo de pastel a cada lado.

Supoño que é descabellado por parte de min entrar en detalles sobre o que pasou despois, pero carallo.

Ata ese momento da miña vida, Nancy era a dez perfecta para min.

Ela era a rapaza sexy que todos os mozos usaban nas súas fantasías.

Quiteille a roupa do seu pai (arrepiante, seino) e deixeille ver o meu pau duro.

"Non sei que facer", dixo.

"Quítache os calzóns e eu encargome do resto", díxenlle. "Xa viches un galo duro antes, non?"

"En películas e outras cousas".

"Bo dabondo. Entón sabes que se supón que tes que mamar primeiro, non?"

"Teño que?"

"Non, podes morrer virxe", dixen e finxen vestirme.

"Espera, así?" preguntou ela.

Ela envolveume os seus beizos bastante cheos e comezou a mamar.

Ela non era moi boa niso.

Non era tan boa como Andy Muller .

Agora esa cadela podería chupar un puto galo!

Pero non importaba, realmente non.

Non ía caber na boca de Nancy.

Só quería ver o seu rostro envolto ao meu pau.

Era un recordo do meu irmán que ela non sabía.

Era un agradecemento a todas as veces que un de nós, o irmán, lle dixera ao outro: O único que a faría ver máis bonita sería vela arroupada arredor do meu pene.

Mentres ela sorbo, atopeime esperando que o meu irmán estivese ben.

"Estou facendo ben?" preguntou ela.

"Bo dabondo", dixen.

Estaba listo para foder.

Joderte.

Joder todo.

"Por que non te subes á cama?"

Nancy subiu á cama, deitouse de costas e miroume pensativa.

"Vai doer?"

"Quizais", dixen e coloqueime entre as súas pernas por primeira vez.

Vicky fora a primeira.

Antes de facelo, lemos sobre como facelo.

É o que fan os nerds, supoño.

Sabía pola nosa lectura que algunhas nenas, aquelas que tiñan o himen intacto, podían sentir unha dor aguda ao romperse.

Pode haber un pouco de sangue.

A partir de aí, a navegación sería tranquila.

Así foi con Vicky e Andy.

Non foi o caso de Nancy.

Deslicei nela sen ningún problema.

"Estás seguro de que es virxe?"

Ben, mirando retrospectivamente, iso non era o máis axeitado para dicir cando entrabas a unha rapaza que che dixo que era virxe.

"¡Maldito cabrón! ¡Despídeme!" berrou ela, tirando contra min.

Saín dela.

"A que carallo queres dicir?"

"Só digo que as outras nenas..."

"Fódanse esas putas", dixo e entón comezou a chorar.

Perfecto, pensei.

Por se unha apocalipse zombi non fose suficiente, tivo que enfrontarse a un mocoso mimado que choraba.

"Síntoo", dixen e saín da súa cama.

"Onde vas?"

"Non o sei. Casa? Matar máis zombies? Non sei".

"Pero pensei que o iamos facer, xa sabes..." Ela aínda estaba saloucando.

"Acabamos de facelo. É todo o que fai falta, un golpe. Parabéns, agora xa non es virxe".

"Pero Julian dixo que non contaba a menos que tivera un orgasmo".

" ¿Julian ? ¿ Julian Walker?" Preguntei.

Ela asentiu.

era Julian Walker .

Era o xogador estrela do noso equipo de fútbol do instituto e era o seu mozo.

"Ti e Julian fodes?"

"Nós facemos esa parte, pero Julian dixo que aínda era virxe porque non tiven un orgasmo".

"Algunha vez tivo un orgasmo?"

Ela ruborouse e asentiu.

"Cando o fago eu".

"Cos dedos".

"Oe, non! Estou usando o meu xoguete. Non me vou tocar alí".

"Podo ver o teu xoguete?"

"Non", dixo ela.

"Vale", encollín de ombreiros.

Collín os pantalóns de gran tamaño do seu pai.

Tiven que levar algo de camiño a casa.

"Espera, aquí está", dixo e sacou un enorme vibrador de goma do caixón da súa mesiña de noite.

"Usas iso para ti mesmo?" preguntei, abraiado.

Ela asentiu.

"¿Por dentro ou fóra?"

"Os dous. Gústame por dentro, moi profundo. Iso é malo, non? Julian dixo que por iso era tan grande alí abaixo".

Quedei confundido por un momento.

Había tempo que non estaba dentro dela, pero estaba lonxe de ser demasiado grande.

Ela sentiuse apertada.

Sabía que a aperta non tiña nada que ver coa virxindade, así que só quedaba unha resposta.

"Podo facerche unha pregunta? Quen é máis grande, o meu ou o de Julián ?"

Enfrontei a ela co meu pau aínda duro diante dela.

O de Julian ten a metade dese tamaño. Es negro?"

"Iso?"

" Julian dixo que os únicos rapaces con palos máis grandes ca el eran negros".

"¿Nancy? Julian mentíache. Son máis grande que a media, pero non son un raro da natureza".

" Julian dixo que todos os rapaces da pornografía eran en parte negros".

" Xuliano é un puto mentireiro", ríame e preguntábame cantas outras formas poderían tomarme por parvo.

Pensei en darlle tempo para explicalo, para deixarlle as cousas claras, pero pareceume demasiado traballo.

"Mira, está ben. Julián é un cabrón de mentira cun pau pequeno e voume á miña casa para buscar unha roupa que che quede. Se queres vir, fódete na miña cama".

Ela fíxoo e eu fíxeno a ela e supoño que perdeu a virxindade cando veu mentres eu aínda estaba dentro dela.

Non sei, son noites coma esta as que máis penso en Nancy.

Nunca perdeu o seu modo de cadela , pero aínda creo que foi triste que tivera que coidala ao día seguinte.

Fomos de casa en casa no barrio a ver quen quedaba.

Nancy non quería escoitarme para ter coidado.

Ela correu á casa do seu mozo e este mordeuna.

Ah ben, iso pasa. Tomei as cabezas de ambos.

Primeiro o seu mozo e despois, despois de converterse, a Nancy.

Pero así foi como coñecín a Cristy Walker, a irmá algo maior do noivo de Nancy.

Cristy estaba agochada no seu cuarto coa porta pechada contra o seu irmán.

Escoitou voces, matando e finalmente eu despedindome de Nancy.

"Ola?" berrou desde o seu cuarto. "Quen está a falar?"

"Son eu", respondín, presentándome. "Agora é seguro".

"Hai zombies", berrou.

"Sei."

"Vostede, xa sabedes como facelo? Matáchelos?"

"Están mortos de novo", prometín.

"Realmente necesito facer pis", dixo, abrindo a porta e correndo polo corredor ata o baño.

Ela non pechou a porta do baño.

Non mirei.

Sentíase rudo.

"Quen es ti outra vez?"

"Vivo no bloque de abaixo".

"Es ti o tipo raro que corta sandías cunha espada?"

"Si, son eu".

Cristy ruborouse e volveu ao corredor.

Levaba unhas bragas e unha camiseta.

Ela viu o seu irmán e as pernas de Nancy.

O resto estaban dentro da outra habitación.

Cristy abrazoume e deume un bico enorme.

"Grazas", dixo ela.

Supoño que estaba mirando as súas tetas polo que dixo a continuación.

"Manténame a salvo e eses son teus", dixo e bicoume na meixela. "Esas e todas as outras partes de min".

Como dixen, non hai nada como o apocalipse zombie para recoller nenas.

FIN

www.ingramcontent.com/pod-product-compliance
Lightning Source LLC
Chambersburg PA
CBHW031437130726
47989CB00003B/1176